Christine Nöstlinger

Werter Nachwuchs

Die nie geschriebenen Briefe
der Emma K., 75

Deutscher Taschenbuch Verlag

Dieses Buch liegt auch in der Reihe dtv großdruck
als Band 25076 vor.

Ungekürzte Ausgabe
Dezember 1990
11. Auflage November 2000
Deutscher Taschenbuch Verlag GmbH & Co. KG,
München
www.dtv.de
© 1988 Dachs-Verlag GmbH, Wien
Umschlagkonzept: Balk & Brumshagen
Umschlagbild: Christiana Nöstlinger
Gesamtherstellung: C. H. Beck'sche Buchdruckerei,
Nördlingen
Gedruckt auf säurefreiem, chlorfrei gebleichtem Papier
Printed in Germany · ISBN 3-423-20049-9

Werter Nachwuchs

Gestern habt Ihr wieder einmal, in schöner Einigkeit, über den Karl geschimpft und habt mir Vorwürfe gemacht, weil ich ihn angeblich immer verteidige.

»Nur weil er dein Bruder ist«, habt Ihr gesagt, »mußt du ihn nicht dauernd in Schutz nehmen!«

Also erstens: Da der Karl mein »kleiner« Bruder ist, habe ich ihn seinerzeit, in Kindertagen, ständig in Schutz nehmen müssen, und so ein Verhalten kann man sich, wenn man dann erwachsen ist, wahrscheinlich nicht mehr abgewöhnen. Für mich bleibt der alte Hornochse sein (oder mein) Lebtag lang der kleine Karli. Man müsse, habt Ihr mir streng erklärt, einen Menschen nach seinen Handlungen und deren Auswirkungen beurteilen. Und da sei der Karl eben sehr zu verurteilen! Ein unbelehrbarer Altnazi, ein schrecklicher Antisemit, ein brutaler Ehemann, ein widerlicher Vater, dazu ein echter »Radlfahrer«, nach oben buckeln, nach unten treten!

Werter Nachwuchs, ich widerspreche dem nicht. Niemand weiß das besser als ich, und niemand hat sich darüber mehr gekränkt als ich. Als »große« Schwester habe ich mich immer für meinen »kleinen« Bruder verantwortlich gefühlt und mich gefragt, warum aus dem lieben kleinen Karli so ein widerlicher großer Karl geworden ist. Glaubt mir, ich habe mir viel Mühe gegeben, den Karl zu ändern. Meine ganze Mühe hat nichts genützt.

Immer wieder habe ich gehofft: Jetzt wird er sich aber ändern! Jetzt wird er endlich zu Vernunft und Einsicht kommen!

Er hat sich nicht geändert. Er ist nicht zu Vernunft und Einsicht gekommen. Er ist stur geblieben. Bis heute habe ich mich damit nicht abfinden können.

Mein Blutdruck steigt noch immer in alarmierende Höhen, wenn ich mir seine saudummen und unmenschlichen Ansichten anhören muß. Und genau wie vor sechzig Jahren schimpfe ich ihn dann auch heute noch aus. Und ich bin der einzige Mensch, von dem er das hinnimmt!

Aber mich von ihm »lossagen«, ihn einfach »vergessen«, so, wie Ihr das für richtig haltet, das werde ich nie! Und wenn ich hundert Jahre alt werden sollte!

Er ist und bleibt mein Bruder, mein kleiner Karli, der sich von mir trösten ließ, wenn er eine Watschen bekommen hatte, der zu mir ins Bett kroch, wenn ihm die dunkle Nacht Angst gemacht hatte. Diesen kleinen Karli habe ich unheimlich liebgehabt. Man kann nicht einfach zu lieben aufhören. Und selbst wenn man das könnte, wozu wäre das gut? Außer mir gibt es keine Menschenseele mehr, die den Karl liebt. Glaubt Ihr wirklich, daß ein übler Kerl von niemandem geliebt werden darf? Ich glaube das nicht. Wenn man nur die, die es »verdienen«, lieben würde, gäbe es wenig Liebe auf der Welt, meint

Eure Oma

Werter Herr Sohn

Ich muß Dir schon wieder einmal – und zwar ganz gehörig – die Leviten lesen! Du hast die alte Huber auf der Sparkassa getroffen. Sie hat dort dreihundert Schilling auf ihr Sparbuch gelegt und Dir erzählt, daß sie das jeden Monatsanfang mache. Und sie hat Dir auch anvertraut, daß das »grandiose Vermögen«, das sie da anhäuft, für ihr Begräbnis bestimmt sei. Worauf Du zur alten Huber gesagt hast: »Gönnen S' Ihnen doch lieber was, solang Sie noch leben!« Und dann hast Du zu Deiner lieben Frau, so laut, daß es die alte Huber gehört hat, gesagt: »Die alten Weiber haben viel zu viel Renten! Denen sollt' man den Hilflosenzuschuß streichen!«

Abgesehen davon, daß die Huber gar keinen Hilflosenzuschuß hat, den man ihr streichen könnte, sollte man besser Dir wegen dieser Bemerkung eine Doppelwatschen geben!

Da ich aber nicht gewalttätig bin, will ich Dir die Sache lieber erklären:

Die Huber hat zwar eine Sterbeversicherung, aber die wird nur für das Allernotwendigste aufkommen, und die Huber wünscht sich eine »schöne Leich«. Eine, wo alle Kerzen brennen und der rote Teppich ausgerollt ist, Lorbeerbäumchen herumstehen, das Ave Maria gesungen wird und eine dreifache Ministranten-Mannschaft antritt. Und nachher soll es im Wirtshaus, gegenüber vom Friedhof, einen Leichenschmaus geben. Mit Würsteln und Bier und Kaffee und Torte. Und jeder soll ein Glanzbild bekommen, mit einem Foto von der Huber vorn und einem Gedicht hinten drauf.

Ganz genau aufgeschrieben hat das die Huber. Und falls ich dann noch lebe, soll ich drauf schauen, daß auch alles wirklich so gemacht wird. Ich weiß, das kommt Dir komisch vor. Ich weiß, Du verabscheust eine »schöne Leich«. Ich schwöre Dir: Die Huber, wie sie in Deinem Alter war, hat auch nichts von einer »schönen Leich« gehalten und sich darüber lustig gemacht. Warum sie ihre Ansicht geändert hat und sich nun von ihrem kargen Leben noch etwas abspart, um es in einen üppigen Tod zu investieren, weiß ich nicht genau. Vielleicht hat sie vor dem Sterben ein bißchen weniger Angst, wenn sie ein großes Fest daraus macht? Vielleicht denkt sie auch: Dann vergißt man mich nicht so schnell! Vielleicht will sie sich, durch das genaue Planen der »schönen Leich«, auch mit dem Tod ein wenig vertraut machen. Vielleicht ist es auch ein Trost, zu wissen: Ich werde nimmer sein, aber es wird noch genau das geschehen, was ich bestimmt habe!

Doch ganz gleich, warum die Huber auf ein prächtiges Begräbnis aus ist, hat man diesen Wunsch, der sozusagen ein »letzter« ist, zu respektieren und nicht saudumm daherzureden. Wie hat Dein Vater oft gesagt? »Wenn man nix versteht, soll man wenigstens den Mund halten!« Dieser Meinung ist auch

Deine Mutter

Liebe Kinder

Manchmal »überkommt« es mich, und ich fange zu kramen und zu ordnen an und zu überlegen, was Ihr einmal mit meinem »Hab und Gut« wohl anfangen werdet, wieviel Ihr davon gleich in den Mist stecken werdet, was Ihr vom Tandler abholen lassen werdet, und was Euch so wertvoll erscheinen wird, daß Ihr es behalten werdet.

Ich habe den Verdacht, daß Euch von dem, was bald mein »Nachlaß« heißen wird, wenig erfreuen wird. Das verstehe ich auch recht gut! Der Gedanke, daß nach meinem Tod ein Tandler meine Möbel abholen wird, macht mir nicht viel Kummer. Bloß um eines möchte ich Euch bitten: In meinem Nachtkastel, in der Lade, liegt in einem roten Schachterl eine kleine Brosche. Ich weiß, sie ist nicht modern genug, um Euch zu gefallen, und sie ist auch nicht alt genug, um von Euch als Antiquität geachtet zu werden. Und sehr wertvoll ist sie auch nicht. Sie besteht bloß aus zwei winzigen Roserln, eines aus Weißgold, eines aus Rotgold. Euer Vater hat mir diese Brosche einmal zum Geburtstag geschenkt. Das war ein paar Jahre nach Kriegsende, und wir haben gar nichts gehabt und hätten alles andere dringender gebraucht als diese zwei winzigen goldenen Roserln auf einer Anstecknadel!

Ich habe geglaubt, mich trifft der Schlag, wie er mir damals stolz diese Brosche überreicht hat. Ihr müßt Euch das vorstellen! Ich besitze bloß zwei Paar gestopfte Strümpfe, ein Paar Schuhe mit einem Loch in der Sohle, zwei schäbige Flanellkleider und keinen Wintermantel, und der Wahnsinnsmann kommt daher und schenkt mir eine goldene Brosche! Gegen seine Taschenuhr hatte er sie eingetauscht. Hoffentlich hat Euer Vater damals nicht bemerkt, wie mich dieses

9

»sinnlose« Geschenk aus der Fassung gebracht hat, denn in Wirklichkeit, aber das habe ich erst später begriffen, war es das schönste Geschenk, das ich mein Lebtag lang bekommen habe. Euer Vater hat mir damit gezeigt, daß er mich nicht nur als gute Hausfrau und Mutter schätzt, sondern als Frau, der »Luxus« zusteht, liebt. Und »Luxus« war ja ansonsten in meinem Leben eine rare Erscheinung.

Ich habe diese Brosche selten angesteckt. Es hat halt nicht oft Gelegenheit dazu gegeben. Aber angeschaut habe ich sie mir oft. Immer dann, wenn ich Zweifel daran gehabt habe, ob mich Euer Vater wirklich gern hat. Oft hat er sich ja so benommen, daß solche Zweifel sehr berechtigt waren. Die zwei kleinen Roserln haben mich dann immer beruhigt und getröstet.

Seid also so nett und liefert sie nach meinem Tod nicht irgendeinem Zahnarzt als Gegenwert für einen Stiftzahn aus. Behaltet die zwei Roserln als Andenken an eine Liebe. Darum bittet

Eure Mutter

Liebe Tochter

Ich möge es mir doch, hast Du gesagt, »gutgehen« lassen und nicht so knausern, wenn es um meine eigenen Bedürfnisse geht. Du siehst nicht ein, hast Du gesagt, warum ich alles Geld, das mir übrigbleibt, meinen Enkelkindern »hinten reinstecke« und mir selbst nichts gönne.

Liebe Tochter, ich knausere überhaupt nicht! Das Problem ist nur, daß mir nicht viel einfällt, was ich mir gönnen könnte!

Gönne ich mir einmal einen Indianer mit Schlag, der, wie Du weißt, meine Lieblingsspeise ist, dann nimmt mir das meine Galle schwer übel. Gönne ich mir ein neues Kleid, stelle ich hinterher fest, daß es auch nicht viel anders aussieht als die zehn Kleider, die schon bei mir im Schrank hängen. Oder soll ich mir ein drittes Paar orthopädischer Schuhe gönnen? Wozu? Ich müßte doch, meinst Du, irgendwelche Wünsche haben? Das Wünschen, meinst Du, verlernt man doch im Alter nicht? Ach, liebe Tochter, Wünsche hätte ich viele, aber die sind mit Geld nicht zu erfüllen. Stimmt nicht! Ein Wunsch wäre da, der wäre mit Geld zu erfüllen!

Ich bin so alt und habe trotzdem weniger von der Welt gesehen als mein jüngster Enkel. Abgesehen davon, daß ich als Kind, nach dem Ersten Weltkrieg, drei Monate lang in Schweden war, bei netten Menschen, die mich unterernährtes Kriegskind aufgefüttert haben, war ich überhaupt noch nie im Ausland. Damals, in Schweden, habe ich am Meer gewohnt. Dieses Meer ist mir in wunderschöner Erinnerung. Einmal im Leben hätte ich gerne noch das Meer wiedergesehen und gerochen. Daran, wie das Meer riecht, erinnere ich mich nämlich seit fast siebzig Jahren mit einem Gefühl, das nach »Heimweh« schmeckt.

Natürlich, liebe Tochter, könnte ich mir das Geld für eine Flugkarte »einmal Meer und zurück« zusammensparen. Aber kannst Du Dir vorstellen, liebe Tochter, daß sich Deine alte Mutter großmutterseelenallein auf so eine weite Reise macht? Bloß, um dem Meer noch einmal »Guten Tag« zu sagen, wäre das doch ein bißchen viel Aufwand!

Da schenke ich lieber meiner Enkeltochter das Geld für eine Flugkarte und bitte sie, das Meer recht herzlich von mir grüßen zu lassen. Es muß ja nicht gerade das Meer in Schweden sein. Darum, liebe Tochter, gönne Dir, soviel Du nur kannst, solange Du noch jung genug bist, es auch genießen zu können; Indianer mit Schlag, neue Kleider, und das Meer auch! Verschiebe keine Freude und keinen Spaß auf später, denn später könnte zu spät sein! Wenn man so alt ist wie ich, dann fällt einem nicht nur das Gehen, das Luftholen und das Einschlafen schwer, dann fällt einem sogar schwer, sich etwas zu gönnen.

Deine Mutter

Liebe Schwiegertochter

Immer wieder höre ich von Dir den empört ge-
schnaubten Ausruf: »So eine Zumutung!« Manches
von dem, was Dir als Zumutung erscheint, mag ja
wirklich eine sein, aber oft komme ich doch nicht um-
hin, mich zu wundern, was Du alles für eine Zumutung hältst!

Wenn Dich Deine alte Nachbarin fragt, ob Du nicht
ein paar Minuten Zeit für sie übrig hättest, für einen
kleinen Plausch, dann ist das für Dich schon eine arge
Zumutung. Wieso eigentlich? Was mutet sie Dir da
zu? Du bist kein Unmensch, liebe Schwiegertochter.
Du bist bereit, Deiner alten Nachbarin, wenn sie krank
ist, Medikamente aus der Apotheke zu holen. Du ver-
sorgst sie auch, wenn es sein muß, mit Nahrung. Oder
nimmst ihre Erlagscheine aufs Postamt mit, Du hast
für Deine alte Nachbarin auch schon etliche Briefe an
Behörden geschrieben. Diese Hilfsbereitschaft, sagst
Du, sei doch unter zivilisierten Menschen eine Selbstverständlichkeit! Darf ich daraus folgendes schließen?
Man hat also, als zivilisierter Mensch, einem alten
Nachbarn gerade so viel Hilfeleistung zu geben, daß er
am Leben bleibt und nicht verreckt! Aber jede weitere
Zuwendung darüber hinaus ist der reinste Luxus. Und
wenn jemand gratis Luxus haben will, dann ist das eine
Zumutung!

Wie? Damit bist Du absolut nicht einverstanden? So
denkst Du nicht? Ach, Deine alte Nachbarin will bloß
immer zum falschen Zeitpunkt mit Dir das Plauscherl
abhalten? Gerade dann, wenn Du es besonders eilig
hast, taucht sie auf und hält Dich von wichtiger Arbeit
ab?

Das ist doch kein Problem!

Das kannst Du ihr doch sagen! Sie wird es Dir gewiß

nicht übelnehmen, wenn Du ihr erklärst, daß Du ihr im Moment leider nicht zuhören kannst, und ihr sagst, sie möge in einer Stunde wiederkommen.

Wie? Auch eine Stunde später hast Du keine Zeit? Na, dann halt zwei Stunden später! Alte, einsame Menschen haben ohnehin keinen vollen Terminkalender. Deine Nachbarin wird auch zwei Stunden später Zeit haben. Oder drei Stunden später. Oder am nächsten Tag.

Was? Du hast auch zwei oder drei Stunden später und am nächsten Tag keine Zeit? Nicht ein Viertelstündchen? Nicht zehn Minuten? Ehrlich nicht? Ja dann, liebe Schwiegertochter, muß ich Dir sagen: Du führst ein Leben, das eine arge »Zumutung« ist. Auch im arbeitsreichsten aller arbeitsreichen Leben müßte es doch hin und wieder ein bißchen Zeit geben, das man großzügig verschenken kann, ganz nach Laune, an sich selbst oder an eine alte Nachbarin. Wenn man sich diesen Luxus nicht mehr leisten kann, liebe Schwiegertochter, dann taugt das Leben nicht mehr viel, meint

Deine Schwiegermutter

Liebe Enkeltochter

Gestern hast Du Dich sehr darüber geärgert, daß es noch immer Leute gibt, die ganz altmodisch von den »weiblichen Tugenden« daherreden. Du lehnst es ab, hast Du gesagt, »weibliche Tugenden« zu besitzen. Diesen Blödsinn, hast du mir erklärt, reden die Männer den Frauen nur ein, um sich vor lästiger Arbeit und unangenehmer Verantwortung zu drücken. Ich gebe zu, liebe Enkeltochter, daß da etwas dran ist! Wenn ich mir überlege, was man unter »weiblicher Tugend« so versteht, muß ich zugeben, daß es für die Männer immer von Vorteil war, diese Tugenden uns Frauen abzuverlangen. So, wie man mich erzogen hat, habe ich als »weibliche Tugenden« allerhand zu erlernen gehabt, nämlich: sanft, geduldig, nachsichtig und versöhnlich zu sein, umsorgend, verzeihend, besänftigend und tröstend. Und Opfer freudig zu bringen, habe ich natürlich auch lernen müssen.

Du findest es nun nicht gerecht, liebe Enkeltochter, daß sich die Frauen alle diese mühseligen Tätigkeiten aufschwatzen ließen. Du siehst nicht ein, warum man in einer Ehe das Trösten, die Zärtlichkeit, die Sanftmut, die Geduld und die Opferbereitschaft nicht zu gleichen Teilen dem Mann und der Frau abverlangen sollte. Ich sehe das auch nicht ein! Nur: Vor mehr als einem halben Jahrhundert, als ich Deinen Großvater geheiratet habe, habe ich feststellen müssen, daß ich all das kann, mein geliebter Ehemann aber nicht. Und ich habe bemerkt, daß da unsere Ehe keine Ausnahme ist. In anderen Ehen hat es nicht besser ausgesehen. Was hätte ich da tun sollen? Meine Kinder wollten doch getröstet werden, wollten Verständnis und Nachsicht haben und ein Elternhaus, in dem es nicht dauernd Streit gibt. Und dauernd Streit gegeben hätte es, wenn

15

ich meine »weiblichen Tugenden« nicht mühselig praktiziert hätte.

Fünfzig Ehejahre lang habe ich versucht, meinem Ehemann ein paar von den »weiblichen Tugenden« beizubringen. Ganz erfolglos war ich dabei nicht. Wenn ich vergleiche, wie er – seinerzeit – mit seinen Kindern umgegangen ist, und wie er dann – viel später – seine Enkel behandelt hat, muß ich stolz sagen: Er hat dazugelernt. Als er alt war, konnte er geduldig sein und zärtlich und nachsichtig und versöhnlich.

Er hat so viel dazugelernt, daß Du als kleines Kind immer gesagt hast: »Der Opa ist der beste Tröster der Welt!« Das habe ich ihm beigebracht! Wenn ich es mir recht überlege, komme ich zu dem Schluß, daß die größte weibliche Tugend die ist, den Männern allerhand beizubringen!

Trotzdem wünsche ich Dir, liebe Enkeltochter, einen Mann, dem Du nicht mehr viel »beizubringen« hast, der alles, was das Zusammenleben schön und gut und friedlich macht, schon kann. Angeblich gibt es ja heutzutage schon derartige Exemplare.

Deine Oma

Lieber Enkelsohn

Politik, hast Du unlängst zu mir gesagt, sei ein sehr »dreckiges Geschäft« und interessiere Dich überhaupt nicht. Und wenn Du demnächst das Alter erreicht haben wirst, das Dich zum Wählen berechtigt, dann wirst Du »mit Handkuß« auf dieses Recht verzichten.

»Sind doch eh alles die gleichen Gauner«, hast Du zu mir gesagt. »Und bevor ich ungültig wähle, kann ich mir doch gleich den Weg ersparen!« Ich kann Dir da nicht recht geben, werter Enkelsohn. Selbst wenn ich, was durch alle abscheulichen Skandale der letzten Zeit gar nicht verwunderlich wäre, auch der Ansicht wäre, daß alle Politiker Gauner seien, eines ist sicher, die »gleichen« Gauner sind sie nicht! Falls sie welche sind, dann sind sie sehr verschiedene Gauner. Und Du, werter Enkelsohn, könntest Dir wenigstens die Mühe machen, die Unterschiede zwischen ihnen herauszufinden. Damit, daß Du Dich für Politik nicht interessierst, schaffst Du die Politik ja beileibe nicht ab und die Gaunerei in der Politik erst recht nicht. Ganz im Gegenteil! Je weniger Menschen sich für Politik interessieren, umso mehr Gaunerei ist möglich. Wenn Du und angeblich auch viele Deiner Altersgenossen von Politik so gar nichts wissen wollen, dann werden die Kapazunder ein leichtes Spiel mit Euch haben. Mir könnte das ja sehr gleichgültig sein, denn ich bin alt, und die paar Brottag, die mir noch bleiben, die fallen nicht viel ins Gewicht. Aber eigentlich sehe ich wirklich nicht ein, daß Ihr leichtfertig und nur, weil Euch vor der Politik graust, alles aufs Spiel setzt, was meine Generation und die meiner Eltern erreicht hat. Glaubst Du denn ehrlich, daß der ganze Wohlstand, den Ihr habt, einfach vom Himmel gefallen ist?

Nein, mein lieber Knabe, da ist gar nichts vom Himmel gefallen! Das haben wir mit viel Zähigkeit und Ausdauer und auch Kampf erreicht. Und mit Politik! Aber schließlich waren wir seinerzeit ja nicht nur für uns selber so emsig politisch tätig. Wir haben vor allem geglaubt, daß wir das für die »nachfolgenden Generationen« tun müssen. Damit es unsere Kinder und unsere Enkelkinder einmal besser haben als wir!

Und nun, werter Enkelsohn, hast Du es also weit besser als Dein Großvater, als er in Deinem Alter war. Protestiere nicht! Auch wenn Dir Dein Leben gar nicht so schön vorkommt, glaub mir, Deinem Großvater ist es in seiner Jugend viel, viel schlechter gegangen. So schlecht, wie Du Dir das wahrscheinlich gar nicht vorstellen kannst. Ich finde, auch Du hättest die Verpflichtung, etwas für die »nachfolgenden Generationen« zu tun. Damit, daß Du die Politiker für Gauner und die Politik für ein dreckiges Geschäft hältst, tust Du aber gar nichts für Deine Kinder, Enkel und Urenkel, meint

Deine Oma

Werter Nachwuchs

Ich halte mich ja für eine humorige Person und werde in dieser Meinung auch von allen Leuten, die mich kennen, bestärkt. Aber anscheinend ist das Quantum an Humor, das ich besitze, doch nicht ausreichend, um mit Heiterkeit und Gelassenheit das Benehmen gewisser Mitmenschen zu ertragen.

Ich weiß, ich kann auf meinen alten, kranken Beinen nur mehr mühselig dahinhumpeln. Ich gehe ja ohnehin kaum mehr aus dem Haus, weil mir bereits kurze Wege zu beschwerlich sind. Und in letzter Zeit liegt das nicht nur an den Beinen, sondern auch an der »Pumpe«. Ich derschnauf es einfach nicht mehr! Aber alle acht Tage, da muß ich doch zum Doktor, um mir den Blutdruck messen zu lassen. Der Doktor wohnt ohnehin nicht weit weg von mir. Eh nur drei Gassen weit! Doch über die große Kreuzung muß ich drüber. Und ich schaffe es einfach nicht mehr, in der Zeitspanne, in der die Ampel grün leuchtet, die Straße zu überqueren. Gerade in der Straßenmitte bin ich, da schaltet die Ampel auf Rot! Und wißt Ihr, was ich da, außer bitterbösem Gehupe, noch alles zu hören bekomme? Da höre ich dann: »Oide, kauf da Roischuach!« Oder: »Bist blind, Oide? Rot is!« Oder: »Bleib daham, wennst nimmer geh kaunst!«

Ich erwarte ja nicht gerade, daß die Autofahrer, vor lauter Mitleid mit mir, aus ihren Blechkübeln springen und mich fürsorglich zur anderen Straßenseite geleiten, aber daß ich in einer Stadt lebe, in der Menschen wegen ihres Alters und ihrer körperlichen Gebrechen ausgeschimpft werden, das macht mich doch sehr traurig.

Ja, ja, werter Nachwuchs, ich weiß schon, nicht alle Autofahrer sind so bösartige Leute. Aber bloß um ein paar Ausnahmen kann es sich da auch nicht handeln, sonst würde ich ja nicht regelmäßig, bei meinen seltenen Ausgängen, auf so einen Deppen treffen. So viel Pech im Leben, daß gerade ich stets den »Ausnahmen« begegne, kann ich gar nicht haben! Und es scheint auch kaum jemanden zu stören, daß diese Sorte von Autofahrern so mit mir umgeht. Jedenfalls hat noch nie ein Fußgänger oder ein anderer Autofahrer in so einer Situation eingegriffen und mir beigestanden. Daher muß ich leider annehmen, daß es den meisten Menschen ganz »normal« vorkommt.

Ich bin ja, wie schon gesagt, ein Mensch mit allerhand Humor. Aber demnächst, werter Nachwuchs, werde ich meinen Krückstock mit spitzen Stahlnägeln spicken! Und wenn es dann wieder so verrückt um mich herum hupt und so ein Depp sein Autofenster herunterkurbelt und mir etwas Unflätiges zubrüllt, dann werde ich seinem Blechkübel mit dem gespickten Krückstock an den Lack gehen!

Das schreibt Euch, diesmal total humorlos,

Eure Oma

Lieber Sohn

In meinem Alter hat man, naturgemäß, allerhand Wehwehchen. Daher könnte es ja auch sein, daß es rein
körperliche Ursachen hat, wenn mir hin und wieder
die Galle hochkommt. Aber ich wage das zu bezweifeln, denn heute hatte ich – zum Beispiel – wieder so
einen »Galletag«, und den hat mir gewiß nicht mein
Mittags-Supperl eingebrockt, sondern Dein kurzer Besuch. Was Du über Deine Tante Pepi gesagt hast, hat
mir Gift und Galle hochkommen lassen.

Na schön! Die Pepi ist alt und manchmal verwirrt,
und dann findet sie ihre Schlüssel nicht und glaubt, daß
man ihr die Schlüssel gestohlen hat, und verdächtigt
einmal den und einmal den als Schlüsseldieb und
meint, man wolle um Mitternacht bei ihr einbrechen!
Obwohl die arme Haut ohnehin nichts hat, was einem
Dieb gefallen könnte! Ich kann mir sehr wohl vorstellen, daß das für den, den sie gerade in Verdacht hat,
nicht sehr angenehm ist. Noch dazu, wo die arme Pepi
dann immer noch auf die Wachstube rennt und Anzei-
ge erstatten will. Aber die Polizisten kennen doch die
Pepi schon! Die wissen, daß die verwirrt ist, und beru-
higen sie und schicken sie wieder heim. Es kommt also
ganz gewiß niemand hinter Schloß und Riegel, nur
weil ihn die arme, verwirrte Pepi fälschlich bezichtigt
hat!

Warum also, werter Herr Sohn, willst Du, daß sie in
eine Pflegeanstalt kommt? Die Pepi ist noch fähig, einkaufen zu gehen. Auch das Wechselgeld kann sie nach-
zählen. Sie kocht sich noch das Essen, sie räumt ihre
Wohnung auf, und sie arbeitet mit Leidenschaft in ihrem heißgeliebten »Gartl« hinter dem Haus. Sie ist
sicher nicht gerade das, was Du unter »glücklich« verstehst, denn wenn man sich vor Schlüsseldieben und

Einbrechern fürchtet, hat man gewiß kein wunderschönes Leben. Aber immerhin hat die Pepi das Leben, das sie führen will. Und ich finde, das steht ihr auch zu!

Nur weil sie in letzter Zeit davon überzeugt ist, daß Du der Schlüsseldieb bist und ihr zwei Fünfhunderter gestohlen hast, soll sie ins Heim gebracht werden? »Wie komme denn ich dazu?« hast Du mich empört gefragt. Wie Du dazu kommst? Vielleicht, werter Herr Sohn, weil Du ein Mensch mit etwas Güte und Mitleid bist! Oder weil Du Dich daran erinnerst, wie lieb die Pepi früher immer zu Dir war. Oder weil Du einsiehst, daß nur Menschen in ein Pflegeheim gehören, die der Pflege bedürfen, aber nicht Menschen, die anderen lästig sind.

Ich weiß schon, Du hast Angst, irgendwer könnte glauben, daß Du tatsächlich Deiner alten Tante Geld gestohlen hast. Na und? Was macht das schon? Viel, meinst Du?

Also, so viel jedenfalls, wie es der Pepi ausmachen würde, wenn sie ihre letzten paar Brottage nicht daheim, sondern in einer Pflegeanstalt zubringen müßte, garantiert nicht, meint Deine gift- und gallegrüne

Mutter

Liebe Tochter

Du hast Dich bei unserer Anna-Tante über mich beschwert. Da Du genau weißt, daß die Anna-Tante eine Regiments-Tratschen ist, hat Dir auch klar sein müssen, daß sie alles, was Du ihr erzählst, brühheiß weitererzählt. Und nun weiß also jeder, der mich und die Anna-Tante kennt, daß ich eine alte, sture, eigensinnige Frau bin, die sich nicht helfen lassen will und die Fürsorge ihrer Kinder in den Wind schlägt! Statt daß ich mir vom Schwiegersohn den verstopften Abfluß reparieren lasse, telefoniere ich um den Installateur!

Statt daß ich mir vom Sohn ein neues Ofenrohr montieren lasse, bitte ich den Sohn der Hausmeisterin darum! Sogar die lockeren Schrauben an der Türklinke lasse ich mir lieber vom Briefträger festschrauben als von meinen liebenden Nachkommen, die bei mir Schlange stehen, um hilfreich tätig zu sein!

Werte Tochter, ich glaube, Du hast gewisse Schwierigkeiten mit der Realität!

Ein halbes Jahr lang habe ich Deinem Mann erzählt, daß der Abfluß nicht in Ordnung sei. Jedesmal hat er gesagt: »Wenn ich das nächste Mal komme, dann schau ich mir das an!« Einen ganzen Winter lang hat mein Herr Sohn besorgt mein altes Ofenrohr angeschaut und gesagt: »Mama, da müssen wir was tun, das wird demnächst durchbrennen!«

Und die lockeren Schrauben an der Türklinke, die habt Ihr ja jedesmal gesehen, wenn Ihr die Türklinke in die Hand genommen habt! Du jedenfalls, liebe Tochter, hast gut und gern drei dutzendmal, wenn Du bei mir einmarschiert bist, gesagt: »Aber heute schraube ich dir den Türbeschlag an, Mama!« Und etliche Male habe ich Dir auch, diese Absicht unterstützend, einen Schraubenzieher neben das Kaffeehäferl gelegt.

Aber dann hast Du doch immer wieder darauf vergessen, hast auf die Uhr geschaut und gerufen: »Jetzt muß
ich aber rennen, Mama!«

Ich kann mir vorstellen, was Du Dir jetzt denkst. Du
denkst Dir: Mein Gott, hätte sie mich halt daran erinnert! Ich hab' so viel im Kopf, ich kann nicht an alles
denken! Liebe Tochter, ich bin nicht gekränkt darüber, daß Du so viele Dinge, nur nicht die meinen, im
Kopf hast. Aber es liegt mir halt nicht, ewig um etwas
bitten und »benzen« zu müssen. Und wenn der Briefträger dann zu mir sagt: »Geben S' mir an Schraubenzieher, des hamma gleich!«, dann wäre ich ja wohl
wahrlich »eigensinnig«, wenn ich darauf sagen würde:
»Nein, nein, das wird meine liebe Tochter schon irgendwann einmal in den nächsten drei Jahren machen.«

Aber sei beruhigt, ich werde unserer Anna-Tante
diese Gegendarstellung nicht erzählen. Mich bedrückt
es nicht sehr, wenn mich ein paar Leute für eine »eigensinnige Alte« halten.

Übrigens: Mein Plattenspieler wartet noch immer
darauf, daß ihn einer von Euch – wie versprochen –
zum Reparieren bringt. Holt Ihr ihn endlich? Oder
soll ich wieder eigensinnig sein? Das fragt sich

Deine Mutter

Werter Nachwuchs

Mit mildem Gram verfolge ich seit geraumer Zeit Eure heftigen Debatten über das Winterwetter und Euer enormes Interesse an Schneemassen. Ihr tut ja gerade so, als ob hundert Prozent aller Österreicher ganz versessen auf Schneefall wären.

Der Geschäftssinn unserer einheimischen Hotelbesitzer in Ehren, die Freude der Kinder am Schneemannbauen ebenfalls in Ehren, aber habt Ihr Euch eigentlich schon einmal überlegt, wie es mir geht, wenn der Schnee leise und ausdauernd rieselt? Wenn es zu schneien anfängt, werter Nachwuchs, dann fange ich zu zittern an!

Schnee nämlich macht mir das Leben noch viel schwerer, als es ohnehin schon für mich ist. Zwischen meinem Haustor und der Greißlerei befindet sich das 10er Haus. Und im 10er Haus gibt es keinen Hausmeister, weil der Hausherr die Hausmeisterwohnung untervermietet hat. So gibt es im 10er Haus also auch keinen Hausmeister, der den Schnee wegschaufelt und das Eis mit Asche bestreut. Ich wage es nicht, über die vierzig Meter spiegelglatten oder mugelig schneeigen Gehsteig vom 10er Haus zu humpeln. Hinzufallen kann ich mir nicht leisten. Alte Knochen brechen schnell und heilen langsam. Oder nie mehr!

Auf die andere Straßenseite hinüber kann ich aber auch nicht. Die Schneehaufen zwischen den geparkten Autos hindern mich daran, auch wenn sie nicht sehr hoch sind. Meine alten Füße brauchen für ihre unsicheren Schritte einen ebenen Untergrund. Vor einem Schneehaufen, den jedes Kleinkind mühelos übersteigen kann, stehe ich hilflos. Und wenn es dann taut und Schmelzwasser von den Dächern tropft und auf dem Gehsteig, den Hausmauern entlang, wieder zu einem dicken Eiswulst anfriert, dann wage ich es überhaupt nicht mehr, aus dem Haustor auf die Straße zu treten. Dann kehre ich in meine vier Wände zurück und bin angewiesen auf freundliche Leute, denen eine »gute Schneelage« noch nicht zum unlösbaren Problem geworden ist. Ich soll doch nicht übertreiben, meint Ihr? Nicht jede alte Frau, die auf dem Glatteis ausrutscht, hat gleich einen Schenkelhalsbruch, der nicht mehr ordentlich zusammenheilt? Da habt Ihr schon recht, werter Nachwuchs! Aber wer garantiert mir, daß gerade ich zu denen gehören würde, die mit ein paar geprellten Rippen davonkommen. Ihr? Fein! Aber selbst, wenn nur meine Rippen geprellt wären, wer würde mich – für ein paar Wochen lang – tagtäglich versorgen? Ihr? Wochenlang? Und mit allem, was da so dazugehört? Polster aufschütteln, Tee kochen, Nachttopf bringen und ausleeren, mein Gejammer anhören ... und ... und ... und ... Ihr? Echt Ihr?

Na, seht Ihr! Schließt vielleicht doch die Bitte um viel Schnee nicht in Euer Abendgebet ein, rät Euch

Eure Oma

Lieber Sohn

Gerade habe ich wieder einmal in den alten Fotoalben geblättert. Das tue ich in letzter Zeit sehr gern. Viele – und gottlob – schöne Erinnerungen kommen dabei in mir hoch. Viel fällt mir wieder ein, was ich schon längst vergessen hatte. Das Album mit Deinen Kinderfotos habe ich mir heute besonders aufmerksam angeschaut. Mein Gott, was warst Du für ein liebes, hübsches und lustiges Kind! Dich hat kein Fotograf um ein Lächeln bitten müssen. Du hast sowieso immer gelacht und gekichert und gegrinst.

»Der ist ein typisches Sonntagskind«, hat Deine Großmutter immer gesagt, »der wird sein Lebtag lang seine gute Laune nicht verlieren!« Dem Emmerich-Onkel schlägst Du nach, hat sie behauptet. Und ein sonniges Gemüt, bis ins hohe Alter hinein, hat sie Dir vorausgesagt. Mit dieser Meinung war sie keine Ausnahme. Wir alle haben geglaubt, Daß Du einmal zu denen gehören wirst, die das Leben leichtnehmen.

»Wurstl«, hat Dich Dein Vater damals genannt.

»Der Bub ist wie der Wurstl im Kasperltheater«, hat Dein Vater oft zu mir gesagt. »Wenn der eine auf den Schädel kriegt, beutelt er sich ab und lacht gleich wieder, den kann nichts erschüttern!«

Wir haben uns leider alle geirrt. Aus Dir ist kein Onkel Emmerich geworden, Du gehst – wie man so sagt – in den Keller lachen, Dein Gemüt ist weit eher wolkig als sonnig, Du nimmst das Leben nicht leicht, und statt daß Du Dich abbeutelst, wenn Du eine auf den Schädel bekommst, kriegst Du ein Magengeschwür.

Nein, nein, werter Herr Sohn, rege Dich jetzt nicht auf! Ich will mich ja gar nicht darüber beklagen, daß das Leben aus einem sonnigen, ewig kichernden Buben

27

einen mieselsüchtigen Mann gemacht hat. Ich erzähle Dir das aus einem ganz anderen Grund! Ich erzähle Dir das, weil Du dazu neigst, unentwegt Prognosen über das weitere Leben Deiner Kinder abzugeben. Felsenfest bist Du überzeugt davon, daß Deine Tochter einmal ihr Leben gut im Griff haben wird.

»Die ist praktisch veranlagt«, sagst Du, »die ist vernünftig, die ist wie meine Schwiegermutter veranlagt, die wird es leicht haben!« Und von Deinem Sohn sagst Du: »Um den mache ich mir Sorgen! Er ist verträumt! Er hat keine Ausdauer! Er hat kein Ziel! Er wird immer Probleme haben!«

Werter Herr Sohn, ich lege diesem Brief ein Kinderfoto von Dir bei. Schau es Dir genau an, stell Dich vor den Spiegel und schau Dich genau an! Und dann überleg Dir gut, wer Du einmal warst und wer Du jetzt bist. Und wenn Du diese schwierige Arbeit erledigt hast, dann – da bin ich mir ganz sicher – wirst Du Dir nicht mehr so sicher sein, was aus Deinen Kindern einmal wird. Glaub das

Deiner Mutter

Werter Nachwuchs

Immer wieder, wenn ein sehr alter und sehr berühmter Mensch von einem Reporter über sein Leben ausgefragt wird, dann kommt auch irgendwann einmal die Frage: »Wenn Sie Ihr Leben noch einmal leben könnten, würden Sie dann etwas anders machen, oder würden Sie alles genauso machen?«

Und meistens erklären dann die sehr alten und sehr berühmten Menschen hocherhobenen Hauptes, sie würden, falls sie ihr Leben noch einmal leben könnten, alles genauso machen!

Mir stellt ja kein Reporter diese Frage, weil ich zwar sehr alt, aber überhaupt nicht berühmt bin.

Trotzdem habe ich über eine Antwort nachgedacht. Zuerst habe ich mir gedacht: Also, so selbstgerecht wie die berühmten Leute bin ich nicht, allerhand würde ich da anders machen. Alle Fehler, die ich in meinem Leben gemacht habe, würde ich bleiben lassen.

Also habe ich versucht, diese Fehler in meinem Leben zu finden.

Fehler, habe ich mir gesagt, erkennt man ja schließlich an ihren schlimmen Folgen! Was hatte, habe ich mich weiter gefragt, schlimme Folgen für mein Leben?

Werter Nachwuchs, ich bin da in reichem Maße fündig geworden und kann Euch nun sagen: Wenn ich mein Leben noch einmal leben könnte, würde ich alles ganz anders machen!

Ich würde den Weltkrieg Nummer eins und Nummer zwei nicht mehr machen, ich würde auch die Inflation und die Arbeitslosigkeit und den Ständestaat bleiben lassen. Den Wiederaufbau nach dem Zweiten Weltkrieg würde ich ganz anders machen, und die Lohngruppe, in der ich seinerzeit arbeiten mußte, die würde ich abschaffen. Auch die Mietengesetze und die

29

Rentengesetze würde ich anders machen ... und ... und ... und ...

Da lacht Ihr, werter Nachwuchs! Ihr meint, das könnte ich nicht? Da habt Ihr sicher recht. Aber dann muß ich leider zu dem Schluß kommen, daß ich mein Lebtag lang nie etwas wirklich Entscheidendes »machen« konnte, sondern daß immer nur etwas mit mir »gemacht« worden ist.

Je älter ich werde, umso klarer wird mir, daß ich mein Leben in Wirklichkeit gar nicht selber gestaltet habe. Der Spielraum, der mir zur freien Gestaltung überlassen worden ist, war nie sehr groß. Alles, was mein Leben grundlegend beeinflußt hat, haben andere gemacht; ohne mich zu fragen, ob es mir auch genehm sei.

Und könnte ich mein Leben noch einmal leben, ich bin mir gewiß, ich hätte wieder nicht die Chance, daran irgend etwas zu ändern, weil etwas »machen können« etwas mit »Macht haben« zu tun hat. Und Macht habe ich mein Lebtag lang nicht gehabt. Weder Macht über andere Menschen noch Macht über mein eigenes Schicksal. Und Ihr, werter Nachwuchs, seid da auch nicht besser dran, meint

Eure Oma

Werter Nachwuchs

»Unsere Oma«, hat unlängst einer von Euch gesagt, »ist eine unheilbare Optimistin!« Und der Rest von Euch hat dieser Meinung eifrig nickend beigestimmt.

Darf ich Euch darauf hinweisen, werter Nachwuchs, daß Ihr da allerhand verwechselt, weil ich nämlich überhaupt keine Optimistin bin. Optimistisch zu sein, würde ja bedeuten, daß ich auf den guten Ausgang allen Geschehens vertraue, und das tue ich wahrlich schon längst nicht mehr. Früher, ja viel früher, da war das anders. Da hat mich Euer Opa zu Recht immer eine unheilbare Optimistin genannt.

Aber dieses Optimismus-Leiden scheint doch heilbar zu sein. Schön langsam, von Jahrzehnt zu Jahrzehnt, hat es sich gebessert und scheint nun total geheilt zu sein. Leider!

Ich habe wirklich sehr oft in meinem Leben auf den guten Ausgang eines Geschehens gehofft, aber ich bin, genauso oft wie ich gehofft habe, auch enttäuscht worden.

Da wäre man ja ein unheilbarer Depp, wenn man den unheilbaren Optimismus unter solchen Umständen behalten würde. Man kann nicht sein Lebtag lang beobachten, wie sich die Menschheit unvernünftig und bösartig benimmt, und trotzdem glauben: Ab morgen wird sich das alles ändern! Ab morgen wird es auf Erden liebevoll und vernünftig zugehen!

Als Kind, nach dem Ersten Weltkrieg, war ich mir sicher, daß es nun nie mehr einen Krieg geben werde. Als erwachsene Frau, nach dem Zweiten Weltkrieg, war ich mir sicher, daß es nun nie mehr Krieg geben werde. Gestern habe ich in der Zeitung gelesen, daß es seit Ende des Zweiten Weltkrieges keinen einzigen Tag gegeben hat, an dem irgendwo auf der Welt nicht

Krieg gewesen wäre! Ich begreife zwar nicht, warum das so ist, aber ich habe kapiert, daß mit uns allen immer etwas geschieht, was wir gar nicht wollen. Und daß wir alle, die wir guten Willens sind – und das ist die Mehrheit aller Menschen auf Erden –, unseren guten Willen nicht in die gute Tat umsetzen können.

Wieso ich trotzdem weder mieselsüchtig noch verbittert, noch grantig wirke? Die Antwort ist einfach: Eben weil ich keine Optimistin bin! Gerade dann, wenn man über den Lauf dieser Welt schier verzweifeln könnte, braucht man doch zum Weiterleben ein bißchen Wärme und Zärtlichkeit, Trost und Zuspruch. Und Spaß auch! Wenn ich schon die Welt so gar nicht ändern kann, werde ich sie nicht auch noch durch meine Mieselsucht und meine Verbitterung noch trostloser machen!

So sieht das, und daran hält sich auch

Eure Oma

PS: Aber manchmal, wenn ich allein bin, wenn mich niemand sieht und hört, dann würdet Ihr Euch wundern, wie ich da vor mich hinschimpfe und grantle!

Werter Sohn

Du hast Dich wieder einmal darüber lustig gemacht, daß ich jedesmal, wenn ich mich von Deiner Tante Elisabeth verabschiede, sage: »Dann bis zum nächsten Mal, Lisi, falls ich es noch erlebe!« Ja, ja, ich sage das nun schon fast zehn Jahre lang! Das ist – einerseits – sicher ein bißchen komisch. Aber – anderseits –, werter Herr Sohn, habe ich es eben schon sehr oft erlebt, daß es kein »nächstes Mal« mehr gegeben hat. Viele alte Freunde konnte ich »nächstes Mal« nur mehr auf dem Friedhof besuchen. Warum soll es dann unbedingt für mich ein »nächstes Mal« geben?

Ich weiß, werter Sohn, daß Du nicht gerne an den Tod und das Sterben denkst. Und schon gar nicht, wenn es um mich geht. Aber Dein ewiges »Ach, Mama, du wirst doch hundert Jahre alt« hat nicht die Kraft, irgend etwas, was mir bevorsteht, abzuhalten. Deine Art, mit dem Tod und dem Sterben umzugehen, kommt mir vor wie Kleinkinderart, sich die Hand vor die Augen zu halten, um nicht gesehen zu werden. Ich nehme ja nicht an, werter Sohn, daß ich morgen oder übermorgen sterben werde; obwohl das weitaus eher im Bereich des Möglichen liegt als mein hundertster Geburtstag.

Rede Dir also nicht ein, daß Deine Mutter garantiert hundert Jahre alt werden wird. Schau lieber den Tatsachen ins Auge und nimm gefälligst zur Kenntnis, daß es schon demnächst »aus« sein könnte mit mir! Aber nein, werter Herr Sohn, ich bin nicht in Untergangsstimmung. Ganz im Gegenteil! Für mich, denke ich, hätte es enorme Vorteile, wenn Du endlich aufhören würdest, mir noch eine Lebenszeit von einem Vierteljahrhundert zuzugestehen. Warum? Weil Du Dich dann, hoffe ich wenigstens, mir gegenüber anders verhalten würdest.

Wenn es mit mir schon demnächst »aus« sein könnte,

33

müßtest Du ja auch schon demnächst fürsorglich und liebevoll zu mir sein und könntest das alles nicht auf zukünftige Jahre verschieben.

Ganz praktisch gedacht, werter Sohn: Mein kaputtes Rollo, zum Beispiel, das müßtest Du mir ja dann auch schon demnächst reparieren. Und du müßtest mich auch schon demnächst, wie seit zehn Jahren versprochen, ins Theater führen! Denn eine Theaterkarte, und sei es die teuerste, hat ja keinen Sinn, wenn man sie an eine Kranzschleife heftet.

Und wenn ich Dir etwas sage, was Dir nicht in den Kram paßt, würdest Du mich auch nicht so leicht und locker ankeifen! Wenn Dir bewußt wäre, daß es mich »demnächst schon« nicht mehr geben könnte, würdest Du das gewiß bleiben lassen.

Also, lieber Sohn, vergiß gefälligst meinen hundertsten Geburtstag und behandle mich lieber so, als ob ein »nächstes Mal« gar nicht gewiß ist. Das wünscht sich, auch wenn sie hundert Jahre alt werden sollte,

Deine Mutter

Werter Nachwuchs

Immer wieder muß ich mich wundern, wie Ihr über die »Alten« redet. Nein, nein, werter Nachwuchs, ich will Euch gar nicht unterstellen, daß Ihr böse über die »Alten« redet. Das wäre ungerecht. Ihr redet über die »Alten« so, als ob sie alle gleich wären, als ob man sie nach einem Rezept behandeln könnte, damit sie einen zufriedenen Lebensabend haben. Und das finde ich einfach unglaublich uneinsichtig! Wir »Alten« sind ja schließlich keine Hunderasse, die man – so oder so – zu versorgen hat, um ein befriedigendes Ergebnis zu erzielen.

Ihr »Mittleren« und Ihr »Jungen« wollt ja auch nicht alle über einen Leisten geschlagen werden. Jeder von Euch hält sich für ein ganz unverwechselbares Exemplar der Rasse Mensch und meint – zu Recht –, daß er andere und ganz spezielle Bedürfnisse habe als seine Mitmenschen.

Wir »Alten« sind aber in noch viel größerem Maße unverwechselbare Exemplare. Einfach deshalb, weil wir schon viel länger als Ihr am Leben sind und uns daher auch viel mehr Eigenheiten zugelegt haben. Trotzdem wollt Ihr uns alle in ein und dasselbe Schubladl stopfen. Ihr wißt, was wir »Alten« brauchen, was uns guttut, was wir denken, wo wir nicht mehr »mitkommen«, und wie es uns geht! Ihr wißt, sozusagen, besser Bescheid über uns als wir selber! Ihr sagt zum Beispiel: »Die Alten gehören nicht in Heime!« Und: »Die Alten brauchen eine Aufgabe im Leben!« Werter Nachwuchs, es gibt alte Menschen, die eine Aufgabe im Leben brauchen, um zufrieden zu sein, und es gibt alte Menschen, die sich so einer Aufgabe nicht mehr gewachsen fühlen. Es gibt alte Menschen, die in einem Heim kreuzunglücklich wären, und es gibt alte Menschen, die sich in einem Heim wohl fühlen. Es gibt alte Menschen, die unheimlich verzagt sind und sich nichts mehr zutrauen, und es gibt alte Menschen, die – wie man so sagt – der Welt noch einen Haxen ausreißen wollen. Es gibt alte Menschen, die von der »heutigen Zeit« nichts wissen wollen, und es gibt alte Menschen, die dem Fortschritt wesentlich aufgeschlossener gegenüberstehen als mancher junge Kerl. Es gibt sogar alte Menschen, die – auch wenn Ihr das nicht glauben wollt – ein viel üppigeres Liebesleben haben als viele von Euch »Mittleren«. Und was die Fähigkeit zum klug Denken betrifft, ach, werter Nachwuchs, da sind Euch auch manche alte Menschen weit überlegen. Es ist nämlich nicht jeder alte Mensch so verkalkt, wie Ihr das anzunehmen beliebt!

Seid also so freundlich und holt uns »Alte« aus Euren Schubladln heraus. Redet ein bißchen weniger über uns und ein bißchen mehr mit uns. Dann werdet Ihr merken, wie verschieden wir voneinander sind, meint

Eure Oma

Lieber Urenkel

Es gibt Dich noch nicht, Du bist auch noch nicht »unterwegs«, und es wird Dich in absehbarer Zeit auch höchstwahrscheinlich gar nicht geben. Ich werde Dich also nicht erleben. Und ich frage mich, ob mich das traurig macht, oder ob ich mir gar nicht wünsche, Dich zu erleben.

Hübsch wäre es natürlich schon, Dich zu sehen. Ich habe Babys immer gern gehabt. Sogar, wenn sie sauer gerochen haben und gebrüllt haben. Ich war mein Lebtag lang eine begeisterte Kinderwagenschauerin!

Und trotzdem merke ich, daß ich froh darüber bin, daß es Dich noch nicht gibt und daß es Dich auch so bald nicht geben wird! Ich verzichte aus freien Stücken auf Dich, und das nicht etwa deshalb, weil es den sauren Regen gibt und den sterbenden Wald und die Atombombe und all diese abscheulichen Sachen, vor denen Du Dich würdest fürchten müssen, wenn Du zur Welt kommen würdest. Diese schrecklichen Gefahren kann ich nicht abschätzen, das sind Sachen, die ich weder verstehe noch begreife. Natürlich lese ich in der Zeitung und höre im Radio und sehe im Fernsehen davon. Aber weißt Du, mich betrifft das nicht mehr so hautnah. Wenn der Knochenkrebs, den man nach Tschernobyl bekommen kann, zwanzig Jahre bis zu seinem Ausbruch braucht, dann macht es eben doch einen Unterschied, ob man in zwanzig Jahren noch am Leben sein wird oder nicht. So egoistisch es auch klingt, wenn man, so wie ich, dann nicht mehr am Leben sein wird, fühlt man sich auch weniger betroffen.

Das ist es also nicht, was mich dazu bringt, Dich nicht herbeizusehnen. Wenn ich meine Enkel anschaue, bekomme ich Zweifel, ob es Dich in absehbarer Zeit geben sollte! Meine Enkel sind Kinder. Obwohl sie in einem Alter sind, in dem ich schon Kinder hatte. Und Kinder sollen keine Kinder bekommen. In einem Alter, wo ich meinem Baby die Fingernägel schnitt, läßt sich meine Enkelin noch von ihrer Mama die Fingernägel schneiden. In einem Alter, wo sein Opa eine dreiköpfige Familie ernährte, ist sein Enkel Taschengeldempfänger. Deine Eltern könnten Dich nicht trösten, wenn Du Kummer hättest, denn sie bedürfen unentwegt noch selber des Trostes. Sie könnten Dir nicht sagen, wie Du zu leben hättest, denn sie brauchen noch selber einen, der ihnen erklärt, wie sie zu leben haben. Sie könnten Dir kein Vorbild sein, denn sie suchen selber noch nach einem Vorbild.

Meine Enkel werden ganz sicher auch einmal erwachsen werden, aber wann das sein wird, ist noch nicht abzusehen. Hoffentlich schaffen sie das Erwachsenwerden, bevor sie in das Großelternalter kommen, wünscht sich

Deine Urgroßmutter

Lieber Schwiegersohn

Natürlich gefällt es mir, wenn Du meine Buchteln als die besten Buchteln der Welt lobst, wenn Dir meine Ansichten gefallen, wenn Du dich über meinen »g'sund'n Hamur« freust, und wenn Du so viel Vertrauen zu mir hast, daß Du Deine Probleme mit mir besprichst. Besonders gut gefällt mir das, weil wir uns am Anfang unserer Bekanntschaft ja nicht gerade enorm zugetan waren. Unsere gegenseitige Wertschätzung ist uns also nicht einfach in den Schoß gefallen, wir haben uns sehr umeinander bemühen müssen. Daß sich die Abneigung im Laufe der Jahre nicht verstärkt hat, sondern in Zuneigung umgeschlagen ist, rechne ich uns beiden hoch an. Das war harte Arbeit für jeden von uns, und darauf dürfen wir stolz sein!

Ich würde das üppige Lob, das Du mir in letzter Zeit zukommen läßt, ja auch voll und ganz genießen, wenn es da nicht noch Deine Mutter gäbe! Ich weiß schon, Du hast seit eh und je Schwierigkeiten mit ihr. Und meine Buchteln sind – objektiv gesehen – ja wirklich viel besser als ihre. Aber mußt Du das unbedingt in ihrer Anwesenheit sagen?

Daß Deine Mutter nicht gerade mit Humor gesegnet ist, weiß ich auch. Aber glaubst Du, ihre Fähigkeit, humorvoll zu sein, könnte sich verdoppeln, wenn Du in ihrer Gegenwart meinen Humor preist? Spürst Du denn nicht, wie sehr Du diese alte Frau kränkst, wenn sie wieder einmal merkt, daß Du Deiner Schwiegermutter von wichtigen, Dich betreffenden Dingen viel früher und ausführlicher erzählst als Deiner eigenen Mutter? Merkst Du es nicht, oder willst Du sie verletzen? Willst Du ihr zeigen, daß Du nun in mir eine »Ersatz-Mama« gefunden hast, mit der Du viel besser zurechtkommst als mit ihr?

39

Wenn dem so wäre, und ich habe den Verdacht, daß es so ist, dann ist das töricht und kindisch, lieber Schwiegersohn! In dem Alter, in dem sich Deine Mutter befindet, ändert sich der Mensch nicht mehr. Deine Mutter wird nie mehr so werden, wie Du Dir Deine Mutter wünschst! Nicht, daß sie nicht wollte! Sie kann einfach aus ihrer alten Haut nicht mehr heraus! »Meine Mutter ist ein kleinlicher Mensch«, hast Du unlängst zu mir gesagt. Das mag ja stimmen. Aber sei doch Du wenigstens nicht so kleinlich wie sie! Sei ein bißchen großzügiger. Du mußt ja Deine bittere Meinung über diese alte Frau nicht unbedingt ändern. Nicht einmal ihre Buchteln mußt Du essen!

Du solltest bloß aufhören, mich andauernd in ihrer Gegenwart über den grünen Klee zu loben. Wir zwei sehen uns ja auch oft, wenn Deine Mutter nicht dabei ist. Spare Dir Dein Lob für diese Anlässe auf, lieber Schwiegersohn.

Darum ersucht Dich innigst Deine sehr geschmeichelte

Schwiegermutter

Werter Nachwuchs

Ihr habt für alte Menschen so ein nettes Spezialwort. Sie sind »wunderlich«, sagt Ihr gern. Ihr meint das gewiß nicht böse. Und im Grunde genommen paßt dieses Wort auch genau, denn Ihr versteht manchmal nicht, warum sich ein alter Mensch so und nicht anders benimmt, und wundert Euch darüber. Unsere liebe Mali-Tante, zum Beispiel, bezeichnet Ihr gern als wunderlich, weil sie sich weigert, mit einem Krückstock zu gehen, obwohl sie den dringend brauchen würde. Ihr versteht nicht, warum sie so eine einfache Gehhilfe ablehnt. Ihr sagt: »Ist doch ein Wahnsinn! Sie würde doch viel leichter und sicherer mit einem Stock vorankommen! Warum nur, um alles in der Welt, wehrt sie sich denn gegen einen Krückstock?« Und dann vermutet Ihr, daß die Mali-Tant' vielleicht eitel sei. Was Euch noch wunderlicher vorkommt, denn dicke, alte Frauen und Eitelkeit haben, Eurer Ansicht nach, nichts miteinander zu schaffen.

Also eitel, werter Nachwuchs, ist unsere Mali-Tant' sicher nicht. Das könnt Ihr mir glauben. Ich kenne sie schließlich seit über siebzig Jahren. Ob sie wunderlich ist, weiß ich nicht. Ich weiß nur, daß die Lebenszeit eines jeden Menschen begrenzt ist und daß man das Ende dieser begrenzten Lebenszeit immer schneller herannahen sieht, je mehr man an sich die sogenannten »Verfallserscheinungen« wahrnimmt.

Ist es da sehr wunderlich, wenn man diese Verfallserscheinungen, so lange als es nur geht, zu ignorieren versucht? Wenn unsere Tant' ohne Krückstock zurechtkommt, dann heißt das für sie: Ich schaffe das Leben noch! Ich bin noch nicht knapp vor dem Ende! Mir geht es noch gut, denn ich bin noch viel fitter und gesünder als andere alte Frauen, die einen Krückstock

41

brauchen. Vor dem unwiderruflichen Ende kommt noch die Krückstockzeit, und die habe ich noch vor mir! Und hat die Mali-Tant' an einem Tag besonders arge Schmerzen im Bein oder fürchtet sich vor dem Glatteis, dann nimmt sie ihren Regenschirm statt eines Stockes, denn Regenschirme haben auch junge, gesunde Menschen! Regenschirme haben nichts mit Alter und Krankheit und Gebrechen zu tun!

Mag sein, werter Nachwuchs, daß das wunderlich ist. Aber immerhin zeigt es auch, daß die Mali-Tant' einen starken und zähen Lebenswillen hat und nicht aufgibt und sich nicht unterkriegen läßt. Und das, glaubt mir, ist so ziemlich das Wichtigste, wenn man alt werden will.

Wer soviel Lebenswillen hat, der muß auch eine Menge Lebenslust haben. Wer schon siebzig Jahre gelebt hat und noch immer soviel Freude am Leben hat, daß er – mit oder ohne Krückstock – seinen hundertsten Geburtstag erleben will, mag ja wunderlich sein. Wenn man sich den Zustand der Welt so anschaut, könnte man leicht zu dieser Meinung kommen.

Aber andererseits: Lebenslust hat kein Griesgram, Lebenslust haben nur Menschen, denen das Leben den Humor und die Freude und das Glücklichsein noch nicht geraubt hat. Und das sind nicht die übelsten Menschen, meint

Eure Oma

Liebe Enkelkinder

Ich muß Euch gestehen, daß ich, trotz aller Bemühungen um Verständnis, manchmal recht geschockt von Eurer verehrten Wortwahl bin. Ich halte mich keineswegs für eine zimperliche Greisin, die gleich nach dem Riechfläschchen schreit, wenn einmal ein sogenannter »Kraftausdruck« fällt. Ich gebe sogar zu, daß ich, in ganz gewissen Situationen, solche Kraftausdrücke selber gebrauche. Das erleichtert einen ungemein, zugegeben! Da ich nicht hinter grünen Jalousien aufgewachsen bin und auch nicht auf einer weltfremden Wolke schwebe, weiß ich das recht gut.

Was mich verstört, ist die Häufigkeit, mit der Ihr diese »ordinären« Wörter benutzt! Sie gehören einfach zu Eurem alltäglichen Sprachgebrauch. Das finde ich nicht gut.

Ich höre nun Euer Gelächter richtig in den Ohren dröhnen. Macht nichts! Ich sage es Euch trotzdem. Auch wenn Ihr meint, daß ich einfach von vorgestern bin, heutige Umgangsformen nicht mehr verstehen kann. Nur hört mir bitte zu und mißversteht mich nicht! Ich bin keine zartbesaitete Stiftsdame, die – zum Beispiel – gewisse Körperteile nicht einmal beim Namen zu nennen wagt. Meinethalben könnt Ihr ruhig statt Popo oder Hintern einen deftigeren Ausdruck benutzen. Ich weiß, vor ein paar Jahrhunderten hat sich die feinste Gesellschaft dieser Ausdrücke bedient. Ich weiß sogar, daß es mit der merkwürdigen Erziehung, die ich seinerzeit genossen habe, zusammenhängt, wenn ich mir eher die Zunge abbeißen würde, als gewisse »Pfui-Gaka«-Wörter auszusprechen.

Darum geht es mir gar nicht. Es geht mir darum, mit welchen Ausdrücken Ihr einander ansprecht. Kaum paßt Dir, liebe Enkeltochter, an Deinem Bruder irgend

43

etwas nicht, ist er schon ein Depp, ein Trottel oder ein Idiot (um nur die sanftesten Ausdrücke zu nennen).

Und Du, lieber Enkelsohn, bezeichnest Deine Schwester überhaupt nur als »den kleinen Trampel«, auch wenn Du gar nicht böse auf sie bist. Gerade weil ich weiß, daß ein Schimpfwort manchmal – so man es ausspricht – Erleichterung schaffen kann, bin ich gegen die Alltagsschimpferei. Was macht Ihr denn, wenn Ihr wirklich wütend seid? Da Ihr immer Schimpfwörter benutzt, könnt Ihr dann ja nicht zu einem Schimpfwort greifen. Haut Ihr Euch dann eine herunter? Gebt Ihr Euch einen Tritt? Oder werft Ihr mit Gegenständen? Ob Ihr es glaubt oder nicht, es gibt eine Verrohung der Sitten. Und gute Sitten sind nicht unbedingt leere Formen, sie zeugen auch von Achtung für den anderen.

Du meinst, lieber Enkel, Du könntest den »Trampel« variieren? Einmal zärtlich, einmal zornig? Und Deine Schwester könne das dann schon richtig deuten? Mag sein, mag sein. Aber warum, meine lieben Enkel, die Ihr als Kinder doch schon so einen großen Wortschatz hattet, habt Ihr nun, herangewachsen, alle Wörter vergessen, die Zärtlichkeit und Freundlichkeit und Zuneigung ausdrücken? Das fragt sich

Eure Oma

Werter Nachwuchs

Wenn Ihr mich – ob aus Neigung oder aus Pflichtgefühl, sei dahingestellt – anruft, so fragt Ihr mich immer brav: »Na, wie geht's?«

»Danke, danke, es geht schon«, antworte ich dann immer ebenso brav, weil ich ja genau weiß, daß Ihr Euch diese Antwort von mir erwartet. Und sie stimmt ja auch. Es geht schon! Bloß »wie« es geht, das ist wieder eine ganz andere Sache, die ich Euch, wenn wir schon vom »Gehen« reden, nicht auch mit diesem erklären kann:

Vor zwanzig Jahren bin ich jeden Vormittag zum Markt hinaufgewieselt und wieder retour und dabei nur ins Schnaufen gekommen, wenn ich in jeder Hand eine randvoll gepackte Einkaufstasche hatte. Und meine Füße haben mir nur weh getan, wenn ich neue, zu enge Schuhe anhatte.

Ein paar Jahre später habe ich einsehen müssen, daß ich den Heimweg vom Markt mit zwei vollen Einkaufstaschen nicht mehr »derschnauf«. Aber da Ihr damals schon alle ausgezogen wart und ich nur mehr selten zwei volle Taschen zu schleppen hatte, hat mich das nicht arg bedrückt.

Und wieder ein paar Jahre später habe ich mich dann daran gewöhnt, auf dem Heimweg vom Markt im Beserlpark Rast zu machen. Mein linker Fuß war mir sehr dankbar dafür. Und vor fünf Jahren, werter Nachwuchs, habe ich es aufgegeben, täglich auf den Markt zu gehen. Das bisserl Grünzeug, das ich brauche, habe ich mir gesagt, das kann ich mir auch beim Greißler an der Ecke holen. Seit fast einem Jahr nun trage ich meine Einkaufstasche nur mehr vom Greißler bis zur Wohnungstür meiner Hausbesorgerin. Ich schaffe es nämlich nicht mehr, mit einer vollen Ein-

45

kaufstasche in den dritten Stock hinaufzuklettern. Aber meine Hausbesorgerin ist so nett und bringt mir die Tasche nach. Manchmal ist sie natürlich nicht daheim, dann steht meine Tasche halt ein paar Stunden vor ihrer Tür. Aber das macht ja nichts. Wer wird schon ein Krauthappel und ein Kilo Erdäpfel stehlen?

Und wenn es stark regnet, dann kann ich überhaupt nicht mehr einkaufen gehen, denn dann brauche ich die eine Hand für den Schirm und die andere Hand für den Stock. Und eine dritte Hand, für die Einkaufstasche, habe ich leider nicht. Aber wenn man alt ist, ißt man ohnehin nicht mehr sehr viel. Soviel Vorrat, daß ich an einem Regentag nicht hungern muß, habe ich immer daheim.

Ihr seht also, es geht!

Man wird alt, man wird bescheiden. Man arrangiert sich mit seinen Möglichkeiten, man gewöhnt sich an seinen Zustand. Man hält ihn immer wieder für »normal« und hofft nur, daß es nicht noch »schlechter« wird.

Aber glaubt mir, werter Nachwuchs, wenn ich vor zwanzig Jahren eine alte Frau gesehen habe, der es so gegangen ist, wie es jetzt mir geht, dann habe ich gedacht, daß es dieser Frau sehr schlecht geht.

Eure Oma

Lieber Sohn

Ich weiß, Du bist erwachsen! Ich weiß, daß ein erwachsener Mensch (besonders, wenn er ein Mann ist)
genau weiß, was er zu tun hat, und daß ihm da niemand etwas dreinzureden hat! Und schon gar nicht
seine alte Mutter!

Ja, ja, Du brauchst Dir gar nichts von mir sagen zu
lassen, Du bist ja schließlich kein kleines Kind mehr!
Oh, pardon, natürlich gilt das nicht für die Fälle, wo
Du das, was ich Dir zu sagen habe, gern hörst. Natürlich darf ich Dir sagen, daß ich Dich bewundere. Und
daß Du Deiner Tochter ein sehr lieber Vater bist. Und
daß Du ganz recht hast, wenn Du Deinem Chef endlich einmal die Meinung sagst, weil ewiges Ducken
und Buckeln und Schlucken nichts bringt außer Magengeschwüre. Ich darf Dir auch sagen, daß Dein
Wunsch nach einer Katze ein verständlicher ist und es
nicht schön von meiner Schwiegertochter ist, Deinem
Bedürfnis nach einem vierbeinigen Hausgenossen so
ablehnend gegenüber zu stehen. Und daß Du ein armer, von allen mißverstandener Mann bist, der zuwenig Liebe und Anerkennung bekommt, darf ich Dir
erst recht sagen.

Ich darf Dir sogar manchmal etwas sagen, was nicht
so positiv ist. Wenn es, zum Beispiel, um Deine politischen Ansichten geht, kann ich Dir sagen, daß Du ein
Hornochse bist, und Du lachst bloß. Auch Deine Leidenschaft, stundenlang reglos an einem Ufer zu stehen
und eine Angel ins Wasser zu halten, darf ich lautstark
kritisieren.

Das kommt daher, daß Du Dir Deiner politischen
Ansichten (leider!) sehr sicher bist. Und der absoluten
Redlichkeit des Angelsports auch!

Wenn ich Dir jedoch sage, lieber Sohn, daß Du meinen Enkel ungerecht behandelst, dann wirst Du wütend. Wenn ich Dir sage, daß Du ein faules Stück bist, weil Du daheim den Pascha spielst und keinen Finger rührst, wirst Du wild. Wenn ich Dir sage, daß Du Dir immer Autos kaufst, die besser zum Einkommen eines Generaldirektors passen als zu Deinem, wirst Du noch wilder und noch wütender.

Du wirst immer dann besonders wild und wütend, wenn Du weißt, daß ich recht habe. Du willst die Wahrheit nicht hören. Das war schon immer so bei Dir. Wenn Du als Kind auf mein Schimpfen sehr empört reagiert und beleidigt getan hast, dann habe ich gewußt, meine Vorwürfe treffen genau ins Schwarze! Und nun, sag doch ehrlich, lieber Sohn: Wenn Du Dich als alter Esel noch genauso verhältst wie als kleines Kind, warum soll Deine alte Mutter zur Kenntnis nehmen, daß Du ein erwachsener Mann bist, dem man »nichts sagen« darf? Und überhaupt!

Ich sage einer Menge erwachsener Menschen meine Meinung! Darunter sind etliche, die doppelt so alt sind wie Du, lieber Sohn. Unter erwachsenen Menschen ist es nun einmal üblich, daß sie – wenn sie befreundet sind – nicht nur artige Höflichkeiten austauschen, sondern einander auch die Wahrheit sagen. Warum sollte ich sie gerade meinem Sohn verschweigen? Das fragt sich

Deine Mutter

Werter Nachwuchs

Die gute, alte Pribil, Ihr wißt schon, die aus dem 10er Haus, ist ja eine recht vernünftige Frau. Aber eine fixe Wahnidee hat sie trotzdem! Immer wieder, wenn sie auf einen kleinen Tratsch zu mir kommt, jammert sie den »alten Zeiten« nach, in denen das »Alter noch geehrt« wurde. Felsenfest ist die Frau davon überzeugt, daß es den alten Menschen früher viel besser gegangen ist als heute.

»Früher einmal«, schwärmt sie mir dann vor, »da hat sich ein Junger einem Alten nicht einmal dagegenreden getraut. Wer alt war, ist als weise anerkannt worden. Vor dem hat man Respekt gehabt. Was ein alter Mensch gesagt hat, das hat gegolten!« Ich habe es schon längst aufgegeben, der Pribil diese fixe Wahnidee auszureden. Ich pflanze sie dann nur ein bisserl und sage: »Ja, ja! Und aus lauter Ehrfurcht und Respekt vor ihnen hat man ihnen nicht einmal eine Pension gegeben!«

Doch die Pribil fühlt sich gar nicht gepflanzt. »Eh klar«, sagt sie darauf. »Weil's gar nicht not war! Weil die Kinder und die Enkerln für die Alten gesorgt haben!«

Und wenn ich ihr dann sage, daß mir meine Pension aber schon wesentlich lieber ist als die Abhängigkeit vom Nachwuchs, dann schüttelt sie milde ihr weißes Haupt und sagt: »Eh klar! Weil der Nachwuchs heut eben keine Ehrfurcht und keinen Respekt nicht hat!«

Zum Auswachsen ist das mit der Pribil! Ich glaube, die Frau muß sich einfach einreden, daß es nur an den »heutigen Zeiten« liegt, wenn sie niemand besonders hoch ehrt und für weise hält und mit tiefem Respekt behandelt.

Es wäre halt wirklich wunderschön, wenn man sich

49

die Weisheit nicht erwerben und den ehrfürchtigen Respekt nicht verdienen müßte, sondern beides bloß durch eine lange Lebenszeit, ohne eigenes Zutun, erlangen könnte.

Aber das wird leider nicht gespielt. Und das ist auch nie gespielt worden. Heutzutage, und früher einmal auch, hat man weise sein müssen, um für weise gehalten zu werden, hat man anderen Ehrfurcht einflößen müssen, um ehrfürchtig behandelt zu werden. Und Respekt zollt man nur dem, der sich Respekt verschafft hat.

Ich jedenfalls kenne ein paar ziemlich junge Leute, vor denen ich mehr Respekt habe als vor der alten Pribil. Und mehr Ehrfurcht auch.

Und überhaupt möchte ich eigentlich ganz gern wissen, warum – um alles in der Welt – sich die gute, alte Pribil so unheimlich auf Respekt und Hochachtung und Ehrfurcht »steht«! Warum reicht es denn der guten Frau nicht völlig, wenn sie von ein paar Menschen liebgehabt wird?

Das wäre doch viel wichtiger und auch glückbringender, finde ich.

Ehrfurcht in allen Ehren und Respekt vor dem Respekt! Und Achtung vor der Hochachtung! Aber alle drei tauscht gerne gegen ein bißchen Liebe ein

Eure Oma

Liebe Tochter

Ich gestehe Dir, fast hätte mich der Schlag getroffen, als ich sah, was Du – ohne mit der Wimper zu zukken – alles in die Säcke für die Altkleidersammlung gestopft hast. Das waren keine Lumpen, das waren nicht einmal abgetragene Sachen, das war tadellose Kleidung. Ein paar Stücke waren sogar so gut wie neu.

Ja, ja, liebe Tochter, ich weiß schon: alles total aus der Mode und daher untragbar! Nur keine Sorge, liebe Tochter, ich will Dir jetzt gar keinen Vortrag über Modetorheit und Verschwendung halten; obwohl ich das, aus dem Stegreif, mühelos könnte.

Modetorheit und Verschwendung ist keine Erfindung der heutigen Zeit. In früheren Jahrhunderten hat es noch weit größere Modetorheiten gegeben und weit mehr Verschwendung. Von einer mittelalterlichen Gräfin habe ich, zum Beispiel, gelesen, daß sie ein ganzes Dorf, samt Feldern und Wäldern, verkauft hat, um sich ein Kleid aus Samt und Seide mit Gold- und Perlenstickerei leisten zu können.

Die Menschheit spinnt nun einmal!

Aber, liebe Tochter, die wesentliche Frage scheint doch zu sein, ob man sich die Spinnerei auch leisten kann oder ob man wegen ihr eine Menge Mühe und Plage auf sich nehmen muß. Der Wahnsinns-Kleiderkauf der mittelalterlichen Gräfin, nehme ich an, wird den Alltag der Frau Gräfin kaum verändert haben. Es wird nicht das letzte Dorf gewesen sein, das sie verkauft hat. Und selbst wenn es ihr letztes Dorf gewesen wäre, als Magd verdingen oder statt Rehschlögel Einbrennsuppe essen hat sie nach dem teuren Kleiderkauf sicher nicht müssen. Aber Du, liebe Tochter, mußt Dich abrackern und unheimlich schuften, mußt

Dich unsinnig einschränken, um Deine Kleidung immer auf den allerletzten Modestand zu bringen.

Grob geschätzt stecken in jedem Rotkreuzsack, den Du vor die Haustür stellst, hundert Arbeitsstunden. Und da Du jährlich drei (mindestens!) Säcke vollstopfst, heißt das, daß Du jedes Jahr dreihundert Stunden für das ausgemusterte Zeug arbeitest. Und das wiederum heißt, daß Du jedes Jahr fast zwei Monate lang unbezahlten Urlaub nehmen und es Dir gutgehen lassen könntest, wenn Du nicht diesem dummen Modediktat folgen würdest, das, weiß der Teufel wer, propagiert. Stell Dir vor, liebe Tochter: zwei Monate lang faulenzen dürfen, nur tun, was Du wirklich magst.

Du sagst doch, Du würdest so gern lesen. Und stricken. Und töpfern lernen. Und viel mehr Schlaf, sagst Du, könntest Du auch brauchen.

Und mit alten Freunden könntest Du Dich treffen. Und über viele Dinge nachdenken könntest Du. Und mit Deinen Kindern über ihre Probleme reden. Zwei Monate lang, liebe Tochter, könntest Du ein herrliches Leben haben, wenn Dir Rocklängen und Ärmelweiten, Kragenfassonen und Farbschattierungen gleichgültig wären. Ich weiß schon, sie sind Dir halt nicht gleichgültig!

Aber ob sich dieses Interesse wirklich lohnt, fragt sich

Deine Mutter

Werter Nachwuchs

Stellt Euch vor, die alte Pribil fliegt nach Australien! Steigt, zum ersten Mal in ihrem Leben, in einen Flieger und fliegt um die halbe Weltkugel herum! Ihren Sohn besucht sie. Ihr Sohn, der Franzi, ist vor fünfunddreißig Jahren nach Australien ausgewandert. Angeblich ist er dort sehr wohlhabend geworden und hat eine Autoreparaturwerkstatt mit hundert Arbeitern. Und ein riesiges Haus am Meer! Ich glaube das ja nicht. Warum ich das nicht glaube? Na, weil ich doch den Pribil Franzi von klein auf kenne. Großes Maul, kleines Hirn und zwei Linke! Und außerdem: Wäre der Franzi wirklich wohlhabend geworden, wäre er doch schon längst auf Besuch nach Hause gekommen. Die Pribil sagt, daß er das eh immer plant, aber dann kommt ihm immer wieder die viele Arbeit dazwischen. »Er hat ja soviel Verantwortung für alles«, sagt sie. So ein Unsinn! So viel Arbeit und Verantwortung kann kein Mensch haben, daß er in fünfunddreißig Jahren nicht einmal zwei Wochen für seine Mutter Zeit findet. Und die Weihnachtsgeschenke vom Franzi, die immer erst im März ankommen, die wären auch besser ausgefallen, wenn er reich wäre. Eine Plastikschüssel mit Kristallprägung ist kein Millionärspräsent. Ich leg' meine rechte Hand dafür ins Feuer, daß der Franzi der arme Hund geblieben ist, der er bei uns schon war, und nach Hause kommt er nie, weil er das Geld für die Flugkarte nicht hat.

Nun ist ja nichts dagegen zu sagen, daß sich die Pribil etwas zusammenspart, um noch einmal im Leben, bevor sie stirbt, ihren Franzi zu sehen. Mütter lieben ja auch erfolglose Kinder. Aber die Pribil erwartet sich einen wohlhabenden, erfolgreichen Franzi. An den hat sie sich gewöhnt. Seit Jahren geht sie in der Gegend herum, erzählt von ihm, protzt mit ihm, daß es die helle Freude (nur die ihre, natürlich) ist.

Und nun frag' ich mich: Was wird sie tun, wenn sie den Franzi wiedersieht und seine hundert Arbeiter mit der Lupe suchen und nicht finden kann? Und wie wird es ihr gehen, wenn sie dann wieder zu Hause ist? Was erzählt sie dann bei der Milchfrau?

Aber erstens läßt sich die Pribil ja eh nichts ausreden, und zweitens hätt' sie ja schon an der Plastikschüssel merken müssen, was es geschlagen hat. Und drittens – fällt mir ein – merken ja auch die Mütter, die tagein, tagaus mit ihren Kindern zusammenleben, nicht, was es geschlagen hat, wer ihre Kinder wirklich sind, und was ihre Kinder können. Man muß, wenn man eine Mutter ist, nicht viele, viele Flugstunden entfernt wohnen, um sich in bezug auf seine Kinder zu irren und von diesem Irrtum ein Lebtag lang nicht zu lassen.

Darum brauch' ich mich eigentlich um die alte Pribil nicht zu sorgen. Sie wird wegfliegen, sie wird wiederkommen und wird es – weiß der Teufel, wie! – schaffen, immer noch an einen erfolgreichen, wohlhabenden Franzi zu glauben.

Wetten?

Eure Euch alle auch nicht viel objektiver sehende

Oma

Liebes Enkelkind

Als ich unlängst in Deiner Anwesenheit von meinem »alten, verkalkten Hirn« geredet habe, hast Du mir ein sehr nettes Kompliment gemacht. Du hast erklärt, daß ich, Deiner werten Ansicht nach, viel mehr und viel Gescheiteres im Hirn habe als die meisten jungen Leute. Danke schön, liebes Enkelkind! Da ich nicht von gröberen Minderwertigkeitskomplexen geplagt bin, bin ich sogar bereit, dieses Kompliment widerspruchslos hinzunehmen. Du hast recht! Dumm ist Deine Oma nie gewesen und ist sie auch heute noch nicht. Aber Anzeichen von Verkalkung, so leid es mir auch tut, muß ich an mir trotzdem feststellen. Wie ich das feststelle? Ach, liebes Enkelkind, das ist leider überhaupt nicht schwer. Da sitze ich, zum Beispiel, daheim und höre Radio und lausche einer schönen Melodie. Einer, die ich seit meiner Jugendzeit kenne. Und dann fällt mir nicht ein, wer diese Melodie komponiert hat! Versteh mich richtig, nur der Name fällt mir nicht ein. Ganz wütend und verzweifelt kann mich das machen. Ich sehe den Komponisten richtig vor mir! So eben, wie ich ihn von Bildern her kenne. Seinen Schnurrbart, seine schwarzen Ringellocken, seine große Nase ... aber sein Name ist futsch! Weg!

Manchmal ist der verflixte Name dann plötzlich wieder da. Stunden später, wenn ich längst aufgegeben habe, ihn meinem Hirn zu entlocken. Mitten in einer schlaflosen Nacht kann das sein, während ich an ganz andere Sachen denke. »Verdi«, murmle ich dann, »natürlich, Verdi heißt der Komponist!« Und dann wiederhole ich leise zehnmal »Verdi«, in der Hoffnung, den Namen so in meinem Hirn fixieren zu können.

Aber Schnecken! Drei Wochen später, beim Radiohören, fehlt er mir wieder.

55

Manchmal kann ich mein altes Hirn auch überlisten. Mit der A – Z-Methode schaffe ich das. Brav gehe ich alle Buchstaben durch. Fängt sein Name vielleicht mit A an? Nein, sicher nicht! Oder mit B? Oder mit C? Bei V klappt es dann meistens. Aber eben nur meistens, liebes Enkelkind! Und wenn es nicht klappt, dann bin ich traurig oder zornig oder verzagt; je nach Stimmung.

Du meinst, liebes Enkelkind, ich möge mich doch wegen ein paar Namen, die mir nicht einfallen wollen, nicht grämen? Namen, meinst Du, seien schließlich, wie der Dichter schon sagt, Schall und Rauch! Mag sein, mag sein, liebes Enkelkind. Aber von wem, verflixt noch einmal, stammt denn diese Weisheit, dieses geflügelte Wort? Das habe ich doch gewußt! Darüber habe ich doch sogar in der Schule einmal einen Aufsatz geschrieben, auf den ich einen dicken, roten Einser bekommen habe.

Mit A fängt sein Name nicht an, mit B auch nicht. C, D, E, F? So was Blödes!

Was, Du weißt das auch nicht, liebes Enkelkind? Das ist aber sehr erstaunlich. Bist Du einfach total ungebildet oder auch schon verkalkt? Das fragt sich verstört

Deine Oma

Werter Nachwuchs

Seit einiger Zeit pflegt Ihr alle so gern mit mir über Haustiere zu reden. Über Hunderln und Katzerln, Wellensittiche und Meerschweinderln. Zuerst hat mich das nicht weiter gestört, weil ich mir gedacht habe, daß bei Euch plötzlich die Tierliebe ausgebrochen sei. Aber nun hat mich ein merkwürdiger Verdacht beschlichen. Seit Ihr nämlich dazu übergegangen seid, mich andauernd – und ganz nebenbei – zu fragen, ob ich Hunde und Katzen lieber mag oder ob ich etwa doch eher ein Wellensittich-Fan sei, und falls ich Hundeliebhaber wäre, ob ich da eher einem Dackel oder einem Foxl den Vorzug gäbe, und ob mir schwarze oder getigerte Katzen besser gefielen, befürchte ich intensiv, daß Ihr plant, mir demnächst, vielleicht zu Weihnachten, vielleicht zum Geburtstag, ein liebes Haustier zu verehren. Werter Nachwuchs, mit aller großmütterlichen Autorität befehle ich Euch, diese entzückende Überraschung bleiben zu lassen! Nicht, weil ich Tiere nicht leiden kann, sondern weil ich Tiere mag.

Ein lieber Hund, der hinter mir herwedelt und so tut, als verstünde er, was ich ihm erzähle, wäre sicher sehr nett. Und eine schnurrende Katze, die mir auf den Schoß springt und sich weich und gut anfühlt, wäre auch eine Bereicherung meines Lebens. Ob mir ein zwitschernder Sittich gefallen könnte, wage ich zwar zu bezweifeln, aber wer weiß, vielleicht würde auch ein Bussi gebender »Hansi« mein Gemüt rühren.

Doch darum geht es ja gar nicht. Es geht darum, werter Nachwuchs, daß Haustiere eine gewisse Lebensdauer haben, die leicht meine Lebenserwartung überschreiten könnte.

Ja, ja, Ihr Lieben, ich kann – so Gott und mein Herz

wollen – noch gut zehn Jahre leben. Oder auch fünfzehn. Hin und wieder wird ein Mensch sogar hundert! Und ich hätte nichts dagegen, zu diesen Menschen zu gehören.

Aber was wird aus meinem schwarzen Kater oder aus meinem krummbeinigen Dackel, wenn Gott und mein Herz schon nächstes Jahr nicht mehr wollen? Seid Ihr bereit, einen Hund oder eine Katze genauso willkommen als Erbschaft anzunehmen wie ein Sparbuch? Und selbst wenn Ihr es wärt – was ich aber zu bezweifeln wage –, würde das meinem krummbeinigen Dackel oder meinem schwarzen Kater gefallen? Würde denen der Besitzerwechsel nicht aufs Gemüt fallen? Ich möchte in meinen letzten Stunden nicht auch noch die Sorge haben müssen, was aus meinem Waldi oder meiner Minki wird, wenn ich einmal nicht mehr bin.

Falls Ihr der Ansicht seid, daß ich zu einsam sei und etwas mehr an Unterhaltung und Ansprache haben sollte und mir Gesellschaft guttäte, dann kommt doch zu mir und bellt und schnurrt und zwitschert mir etwas vor. Ich kraule Euch auch gern zwischen den Ohren, führe Euch sogar »Gassi« und stutze Euch, wenn es sein muß, den Schnabel. Nur, schiebt nicht auf unschuldige Viecher ab, was Euch Schuldgefühle macht.

Eure Oma

Werter Nachwuchs

Nun seid Ihr alle wieder daheim, an Leib und Seele unbeschädigt aus dem Urlaub zurückgekehrt. Ich darf also aufatmen! Dir, lieber Sohn, sind sämtliche Überholmanöver auf kurvigen, unübersichtlichen Landstraßen ohne Unfall geglückt, und Dich, liebe Schwiegertochter, hat während dieser Überholmanöver nicht der Herzschlag getroffen. Du, werter Herr Schwiegersohn, bist beim Fotografieren nicht über die Reling des Kreuzers geplumpst, und Dich, liebe Tochter, hat beim Baden in salzigen Wogen kein Haifisch gefressen. Und Ihr, liebe Enkel, seid sogar samt Rucksäcken und Pässen wohlbehalten wieder daheim. In den Autos, die Ihr gestoppt habt, saßen keine Wüstlinge, die Flugzeuge, die Euch kreuz und quer über den Kontinent geflogen haben, hatten keinen Motorschaden, die Züge, in denen Ihr dahingefahren seid, sind nicht entgleist! Dem Himmel sei Dank!

Ja, ja, lacht nur ruhig über »die Alte«, die sich immer Sorgen machen muß. Ich weiß ja selbst, daß ich eine alte Glucke bin, die ihre Brut gern, wenn schon nicht unter den Flügeln, so doch in Reichweite hat. Aber auch wenn ich keine Glucke wäre, warum, um alles in der Welt, sollte ich mir eigentlich keine Sorgen um Euch machen? Warum sollte ich annehmen, daß gerade Ihr vom Unheil verschont bleibt? Habt ausgerechnet Ihr einen Garantieschein auf unfallfreies Reisen? Nein, den habt Ihr nicht. Und Reisen ist nun einmal gefährlich.

Ich gebe ja gern zu, daß der Mensch, wenn er älter wird, auch ängstlicher wird. Aber diese Ängstlichkeit entsteht nicht deshalb, weil sich alte Menschen im Leben nicht mehr auskennen, sondern beruht auf Erfahrung. Ich bin wirklich kein altes Weiberl, das gleich das Knieschnackerln kriegt, wenn es in der Zeitung von einer Flugzeugentführung liest, und dann denkt: Das könnte auch meinem Nachwuchs passieren! Wenn ich Angst um Euch habe, denke ich nicht an das unwahrscheinliche Unglück, sondern an das häufige. Und was an Unglück alles möglich ist, weiß man halt nach fünfundsiebzig Lebensjahren besser als nach achtzehn oder vierzig Lenzen. Immerhin war ich schon auf vier Begräbnissen, wo im Sarg ein »Verkehrsopfer« lag. Und der Bub von der Pivonka ist beim Baden im Meer ertrunken. Und die Birninger-Tochter ist beim Klettern abgestürzt und hat sich das Genick gebrochen. Die hat ihre Oma auch immer ausgelacht, wenn sie Angst gehabt hat. »Aber Omi, mir passiert doch nix«, hat sie immer gesagt. Jetzt geht die alte Birninger herum und erzählt jedem vom Unglück mit der Susi und sagt weinend: »Ich hab's ja gleich gesagt, hätt' das Madl nur auf mich gehört!« Ich verlange von Euch gar nicht, daß Ihr auf mich hört, weil ich weiß, daß Ihr das sowieso nicht tun würdet. Aber meine Angst könnt Ihr mir nicht ausreden. Ich bin nämlich kein Angsthase, ich bin bloß realistisch und weiß: Alle die armen Leute, die nicht mehr heil aus dem Urlaub heimgekehrt sind, sind genauso unbeschwert wie Ihr auf die Reise gegangen. Zuversicht schützt nicht vor Gefahr.

Leider!

Eure – für diesmal – erleichterte

Oma

Liebe Schwiegertochter

Du hast Dich unlängst darüber gewundert, daß ich mit meinem Leben – rückblickend und Bilanz ziehend – zufrieden bin. Du, an meiner Stelle, hast Du gesagt, wärst das nicht. Zuviel Mühe und Plage und Entbehrung, hast Du gesagt, zuwenig sorgenfreie Stunden und Wohlleben. Sicher, so kann man das auch sehen. Leicht war mein Leben wirklich nicht. Bis auf ein paar rare Ausnahmen haben es die Frauen meiner Generation überhaupt nicht leicht gehabt. Zwei Kriege, zweimal Nachkriegszeit, und dazwischen auch nicht viel zu lachen. Wenn ich mein Leben aus dem Blickwinkel »Wohlstand« betrachte, muß ich feststellen, daß ich erst jetzt, im Alter, ein sorgenfreies Leben habe. Das heißt: Ich komme mit meiner Pension aus und muß mir nicht den Kopf zerbrechen, woher ich das Geld für die Miete, das Essen und die Kleidung nehmen soll.

Aber ob man mit seinem Leben zufrieden ist, hängt ja nicht nur vom Geld, das man gehabt oder entbehrt hat, ab, sondern davon, ob man sein Leben »gemeistert« oder »verpfuscht« hat. Ich will ja nicht selbstgerecht sein, aber ich habe doch das Gefühl, nicht allzusehr gepfuscht zu haben. Ich habe, im großen und ganzen, das Gefühl, »das Beste« aus meinem Leben gemacht zu haben. Ich meine das so: Wenn man nur Mehl im Haus hat, dann kann man keine Torte backen. Aber einen erstklassigen Strudelteig! Und ich war immer eine Spezialistin für Strudelteig! Glaub ja nicht, liebe Schwiegertochter, daß ich die Armut und das Nichtshaben loben und preisen will. Ich hätte mein Lebtag lang gern mehr Geld gehabt. Ich könnte sogar jetzt ganz gut mehr Geld vertragen. Worauf es aber ankommt, ist, daß ich auch ohne viel Geld zurechtgekommen bin. »Wie wir klein waren«, sagt doch Dein

61

Mann oft, »da war die Mama immer gut aufgelegt!«
Das war ich in Wirklichkeit natürlich nicht immer.
Aber wenn ich meinem Sohn so in Erinnerung bin,
dann macht mich das zufrieden.

»Das Firmungskleid, das mir die Mama genäht hat,
war das schönste von allen«, sagt Deine Schwägerin.
War es natürlich nicht. Die »reichen« Kinder hatten
viel schönere Kleider. Aber wenn das meine Tochter
so in Erinnerung hat, macht mich das zufrieden. Und
wenn mein Sohn behauptet, daß das Essen bei uns
daheim immer viel besser gewesen sei als bei seinen
Schulfreunden – was natürlich objektiv gesehen auch
nicht stimmt –, dann macht mich das zufrieden, dann
macht mich das sogar stolz. Lauter Kleinigkeiten seien
das, meinst Du? Kann sein. Aber erstens besteht so ein
Durchschnittsleben halt aus lauter Kleinigkeiten, und
zweitens, wenn wir von den »großen« Sachen reden
wollen, dann fällt mir auch etwas ein: Es gibt, so hoffe
ich wenigstens, keinen Menschen, der wirklich böse
auf mich ist, der von mir sagen könnte: »Diese Frau
hat mir das Leben schwergemacht!«

Und das, liebe Schwiegertochter, ist doch wahrlich
ein Grund, mit seinem Leben zufrieden zu sein, meint

Deine Schwiegermutter

Werter Nachwuchs

Immer wieder bin ich arg gerührt darüber, wie verständnisvoll und einfühlsam man hierzulande mit uns alten Menschen umzugehen pflegt! Eine Zeitungsmeldung bestätigt mir das eben. Gerade habe ich da nämlich von einer schönen, brandneuen Idee gelesen. Die alte Roßauer Kaserne, heißt es, müsse erhalten bleiben. Weil sie aber demnächst schon teilweise leerstehen wird und der Vorschlag, sie zu einem Einkaufszentrum auszubauen, keinen Gefallen gefunden hat, hat man nachgedacht und ist dabei zu einem wunderschönen Ergebnis gekommen: Ein Pensionistenheim könnte man aus der Roßauer Kaserne machen! Das ist ja, findet Eure Oma, eine echte Nagel-auf-den-Kopf-Idee! Oft schon ist mir, wenn ich »Altersheim« gedacht habe, »Kaserne« eingefallen.

Ihr meint, ich übertreibe da? Ihr meint, es gebe doch herrliche und schöne Altersheime? Ihr meint, Altersheime seien heutzutage viel eher mit guten Hotels als mit schlechten Kasernen zu vergleichen?

Abgesehen davon, daß ich eigentlich auch nicht auf Lebensdauer in einem guten Hotel logieren möchte, und abgesehen davon, daß es garantiert sehr verschiedene Pensionistenheime gibt, bessere und miesere, vielleicht sogar wirklich nette, habe ich von Altersheim-Bewohnern doch schon allerhand zu hören bekommen, was meinem Kasernen-Verdacht immer wieder neue Nahrung gibt.

Den Herrn Huber, den kennt Ihr doch! Der ist jetzt auch im Altersheim. Unlängst habe ich ihn besucht. Da hat er mir erzählt, daß er in regelmäßigen Abständen damit zu rechnen hat, daß eine Pflegerin kommt und seinen Schrank »ausmistet«. Weil er zu unordentlich ist! Weil er alles hortet! Weil es im Heim sauber zu sein hat!

Ich glaube, »Spindkontrolle« nennt man das in der Kaserne. Und wenn mir Eure Tante beziehungsweise Großtante Wetti davon erzählt, wie es bei den Mahlzeiten in ihrem Altersheim zugeht, dann fällt mir das militärische »Essenausfassen« ein. Und einen »Zapfenstreich« und einen »Urlaubsschein« gibt es in vielen Altersheimen natürlich auch. Beim »Zapfenstreich« ist da allerdings ein gewaltiger Unterschied zur Kaserne. Dem alten Nowak, der manchmal zu mir auf Besuch kommt, wird der Altersheim-Zapfenstreich viel, viel früher geblasen als seinem Enkel, dem Andi, der Rekrut in einer Kaserne ist.

Wenn man bedenkt, daß der alte Nowak vor einem Jahr noch daheim gelebt hat, sich als »Nachtmensch« gefühlt hat und um Mitternacht im Kaffeehaus noch seinen letzten »großen Schwarzen« getrunken hat, dann kann man sich vielleicht ein bißchen vorstellen, wie sehr »kaserniert« er sich nun vorkommt.

Ordnung muß halt sein, sagt Ihr? Ordnung sei das halbe Leben, und in jeder Gemeinschaft habe man sich Regeln zu unterwerfen? Eben! Das hat der Feldwebel von Eurem Opa auch immer gesagt!

Ihre eigenen Regeln und eigene Ordnung liebt weiterhin

Eure Oma

Werter Nachwuchs

Ihr alle seid – Euren eigenen Aussagen nach – unentwegt und tagein und tagaus sehr gestreßt. Ich alte, der
neuen Fremdwörter nicht sehr kundige Frau rätsle
ziemlich herum, was dieses Wort Streß eigentlich zu
bedeuten hat.

Zuerst habe ich gedacht, daß es so etwas Ähnliches
wie Arbeitsüberlastung heißen soll. Aber das kann
nicht recht stimmen, denn von Arbeitsüberlastung verstehe ich ja auch ein wenig. Viele, viele Jahre meines
Lebens habe ich einen Haushalt geführt, Kinder großgezogen und bin achtundvierzig Stunden pro Woche
in die Arbeit gegangen. Außerdem habe ich in diesen
Jahren noch für meine Kinder die Kleider genäht und
die Pullover gestrickt, meinen alten Kater versorgt und
an den Wochenenden im Schrebergarten gearbeitet.

Das war ein Arbeitsalltag, der um fünf Uhr in der
Früh begann und oft erst um Mitternacht endete.
Wenn ich dann ins Bett sank, war ich erschöpft und
hundemüde und manchmal auch recht unzufrieden mit
meinem Leben. Aber ein »Streß« kann das anscheinend doch nicht gewesen sein, denn Ihr, werter Nachwuchs, habt diesen merkwürdigen Streß in ganz anderen Lebenssituationen.

Du, liebe kleine Enkeltochter, bist gestreßt, wenn
Du zwischen dem Friseurbesuch und dem Rendezvous
mit einem Jüngling noch schnell für Deine Mutter zur
Milchfrau laufen sollst. Und Du, liebe große Enkeltochter, bist sogar total gestreßt, wenn Du erst im vier-
ten Geschäft das Leiberl, nach dem Du gesucht hast,
findest.

Du, liebe Tochter, bist gestreßt, wenn das Telefon
dreimal in einer halben Stunde klingelt und Dich vom
Bügelladen wegholt.

Du, lieber Sohn, bist gestreßt, wenn der Verkehr am Sonntagabend ein heftiger ist und Du zur Heimfahrt vom Bad statt der üblichen halben Stunde zehn Minuten länger brauchst. Du, lieber kleiner Enkelsohn, bist gestreßt, wenn Du zwei Wochen lang nicht einen Tupf gelernt hast und dann an einem Abend alles Versäumte nachholen willst. Und Du, lieber großer Enkelsohn, bist sogar gestreßt, wenn Deine Mutter will, daß Du beim Weggehen den Mistkübel in den Hof hinunterträgst.

Dieser merkwürdige »Streß« kann also nicht viel mit dem Quantum an Arbeit zu tun haben, das man tatsächlich zu erledigen hat. Wie übersetze ich »Streß« also richtig? Die Smetacek sagt, gestreßt sei man, wenn man unter Druck steht, wenn man sich gehetzt fühlt und den Anforderungen nicht gewachsen.

Dreimal ans Telefon gehen, zehn Minuten länger am Lenkrad sitzen, zur Milchfrau laufen, den Mistkübel ausleeren, für eine Prüfung lernen und in vier Läden nach einem Leiberl fragen, ist sicher nicht angenehm, aber wieso bringen Euch so Kleinigkeiten »unter Druck«? Wieso hetzen sie Euch? Wieso fühlt Ihr Euch ihnen nicht gewachsen? Das ist doch gar nicht möglich! Klärt mich also bitte schnell über den »Streß« auf, sonst muß ich glatt annehmen, daß Ihr Euch einfach eines Modewortes bedient, das immer herzuhalten hat, wenn Euch eine Tätigkeit keinen Spaß macht.

Eure wißbegierige

Oma

Liebste Enkeltochter

In Deinem Hang zu uraltem Trödelkram hast Du gestern mein Hab und Gut nach »schönen alten Sachen« abgesucht und warst etwas enttäuscht, weil Du bei mir so gar nichts Passendes gefunden hast. Keine spitzenbesetzte »Schnellfeuerunterhose«, keinen porzellanenen Nudelwalker, keine Kredenzstreifen mit gestickten Sprüchen, nicht einmal eine blau emaillierte Milchkanne. So ein Jammer!

Als Du noch im Kindergarten warst, hast Du einmal im Fernsehen eine Geschichte über die Türkenbelagerung von Wien gesehen, und dann hast Du Deinen Opa gefragt: »Warst Du da auch dabei, Opa?«

Ich habe gemeint, daß sich inzwischen Deine Kenntnisse von Geschichte soweit vertieft hätten, daß Du weißt, in welcher Zeit Deine Großeltern jung gewesen sind. Da dem aber nicht so zu sein scheint, darf ich Dir ein bißchen verspätete Nachhilfe geben?

Also: Im Jahr, in dem ich mich entschloß, Deinen Opa zu ehelichen, war für junge Frauen keine Leinenunterwäsche mit Spitzenbesatz modern, sondern Unterkleider aus Charmeuse, die aufs Haar jenen Unterkleidern glichen, die ich heute als »letzten Schrei« in den Auslagen der Wäschegeschäfte sehe. Und was Möbel angeht, sehnte ich mich damals nicht nach altdeutschen Schränken, sondern nach »Kaukasisch-Nuß-Rundbau« mit samtigen Quasteln, die von den Türschlüsseln baumelten.

Ein uraltes Bügeleisen, so eines, wie Du es gern hättest, um es als Übertopf für einen Kaktus zu nehmen, besaß ich allerdings. Ich gestehe, daß ich es freudig weggeworfen habe, als ich mir endlich ein modernes Gasbügeleisen anschaffen konnte. Ich konnte mein altes Bügeleisen damals nicht hübsch und der Aufbe-

67

wahrung wert finden. Mit ihm zu bügeln war mühsam
und zeitraubend und arg schweißtreibend gewesen.
Die von meiner Mutter ererbten, reichlich bestickten
Küchendeckerln, mit ihren tugendsamen Sprüchen,
waren mir auch zuwider. Sie erinnerten mich an meine
Kindheit und an das Abwaschen im Schaffel, an Reib-
sand und Soda und fettigen Ruß. Kurz und gut: Was
Du heutzutage »süüüüüüüß« findest, ist für mich mit
der Erinnerung an saure Mühe und Plage verbunden.
Was einem das Leben schwermacht, liebt man nicht
sehr.

Aber da fällt mir ein, daß ich ja doch noch ein echtes
Ur-Oma-Stück besitze! Auf dem Dachboden oben
muß noch der alte »Kupfer« stehen. Das ist eine große
Holzkiste mit gewölbtem Deckel. In dem hob Deine
Urgroßmutter im Sommer die Winterbettdecken auf.
Warum so ein Unikum im Wiener Dialekt gerade
»Kupfer« hieß, weiß ich nicht.

Den »Kupfer« kannst Du Dir holen, liebes Kind.
Einen Verwendungszweck für ihn wüßte ich auch
schon. Leg darin eine Sammlung an: Deinen alten Re-
korder, Deine unmodernen BHs und Gürtel, auch das
Kaffeehäferl, das Du nicht mehr magst, und die Polster, die Dir nicht mehr gefallen. Dann stehst Du vor
Deinen Enkeln in einem halben Jahrhundert einmal
weit besser da als Deine

Oma

68

Liebe Tochter

Anscheinend habe ich Dich bei Deinem letzten Besuch durch eine kleine, meiner Ansicht nach sehr harmlose Bemerkung arg gekränkt. Du hast mir wieder einmal von Deinen diversen Abmagerungskuren berichtet, von der Reisdiät und der Erdäpfeldiät und der Nulldiät – und wie diese Hungerkuren alle so heißen –, und ich habe Deine Versuche, Gewicht zu verlieren, für ziemlich sinnlos gehalten und zu Dir gesagt, Du mögest Dich doch mit Deiner zunehmenden Rundlichkeit abfinden, denn ab einem gewissen Alter setzten gewisse Frauen halt Speck an. Und auf gut Wienerisch nannte ich diesen Speck »Altweiberfetten«.

Tut mir leid, liebes Kind! Es war wirklich nicht böse gemeint. Ich schwöre Dir bei allen Heiligen: Du bist kein Weib, Du bist nicht fett, Du bist nicht alt!

Aber trotzdem, liebe Tochter, bin ich ein bißchen verwundert darüber, daß Dir meine harmlose »Altweiberfetten« so sehr zu Herzen gegangen ist. Hast Du denn kein bißchen Humor, wenn es um Dich und das Altwerden geht? Hast Du so große Angst vor dem Alter?

Was befürchtest Du denn? Weiße Haare? Falten im Gesicht? Bauchspeck und Zahnersatz? Orangenhaut auf den Oberschenkeln und Pigmentflecken auf den Handrücken?

Gewiß, liebes Kind, sehr freuen kann man sich über diese Körperveränderungen wirklich nicht. Aber glaube mir, man kann ganz gut leben mit ihnen. Sie kommen ja nicht überfallsartig über Nacht, sondern schleichen sich schön langsam ein. So langsam und zizerlweise, daß man sich mit ihnen fast anfreunden kann.

69

Und wenn Du wirklich ehrlich zu Dir bist, mein Kind, dann mußt Du Dir doch zugeben, daß Du schon längst auf dem Wege zum Altwerden hin bist.

Als Du dreißig warst, hat man Dir den ersten Zahn gezogen. Wenn ich nicht irre, sind fünf weitere gefolgt und durch teure Brücken ersetzt worden. Als Du fünfunddreißig warst, hast Du Dir die ersten weißen Haare ausgezupft. Wenn ich nicht irre, so ist der Uni-Kastanienton, den Dein Haar jetzt hat, auf regelmäßige Friseurbesuche angewiesen. Und mit vierzig hast Du Dir einen Spreizfuß und die dafür passende Schuheinlage zugelegt. Irgendwann einmal, liebe Tochter, hast Du eingesehen, daß Du kein junges Mädchen mehr bist. Irgendwann wirst Du auch einsehen müssen, daß Du keine junge Frau mehr bist. Ich weiß, ich weiß, liebe Tochter, Du fühlst Dich überhaupt nicht alt. Du fühlst Dich sehr jung.

Darf ich Dir gestehen, daß auch ich mich manchmal überhaupt nicht alt fühle, daß ich manche Tage erlebe – und glücklich über sie bin –, wo es mir so vorkommt, als hätte ich noch ein ganzes, langes Leben vor mir, als könnte ich – wie man so dumm sagt – der Welt einen Haxen ausreißen.

Trotzdem wärt Ihr alle wahrscheinlich höchst erstaunt, wenn ich an solchen Tagen meinem alten Äußeren einen zu meiner Stimmung passenden Anstrich geben würde und in Ringelsocken und Minirock daherkäme. Nichts für ungut, liebe Tochter –

Deine Mutter

Liebe Schwiegertochter

Wie ich höre, machst Du Dir gewaltige Sorgen um Deinen Herrn Sohn, weil er etwas »Ernstes« mit einem Mädchen hat, das Dir absolut nicht gefällt. »Die ist nichts für ihn«, behauptest Du.

Du wirst garantiert eine Menge Gründe für diese ablehnende Haltung haben. Anderseits wird aber auch Dein Sohn eine Menge Gründe für seine Zuneigung zu diesem Mädchen haben. Wirklich »blind« ist die Liebe nur sehr selten.

Ich glaube, ich erzähle Dir keine Neuigkeit, wenn ich Dir sage, daß auch mein Herr Sohn vor vielen, vielen Jahren einmal etwas »Ernstes« mit einem Mädchen hatte, das mir überhaupt nicht gefiel. Unmöglich fand ich die Person. Noch am Morgen des Hochzeitstages sagte ich zu meinem Mann: »Wirst sehen, das geht nicht gut. In einem Jahr sind die zwei wieder geschieden!«

Und jetzt feierst Du mit meinem Sohn bald die Silberne Hochzeit! Mütter können sich also gewaltig irren, liebe Schwiegertochter. Du heute genauso wie ich damals.

Warum Du mir eigentlich als Schwiegertochter damals nicht gefallen hast? Aus dem gleichen Grund, aus dem Dir die »Ernste« Deines Sohnes nicht gefällt. Sag nur ja nicht, das könne man überhaupt nicht vergleichen, das sei doch alles ganz anders. Ganz egal, liebe Schwiegertochter, was Du an der jungen Dame im Detail auszusetzen hast, ob sie Dir zu faul, zu egoistisch, zu verschwenderisch, zu vital, zu geizig oder sonstwie unpassend erscheint, im Grunde genommen geht es doch darum, daß Du meinst, dieses Mädchen liebe Deinen Sohn nicht richtig. Richtig liebst nur Du ihn!

Natürlich gibst Du Dir das nicht offen zu. Ich habe

71

das damals auch nicht getan. Doch in Wirklichkeit hättest Du gar nichts dagegen, Deinen Sohn bis zu Deinem Lebensende um Dich zu haben, ihn zu bekochen und zu verwöhnen, ihm die Hemden zu bügeln, hinter ihm herzuräumen, ihn am Morgen zärtlich zu wecken und ihn am Abend besorgt ins Bett zu schicken. Du bist traurig darüber, daß er sich von Dir lösen will, obwohl Du noch immer mit ganzem Herzen an ihm hängst.

Sag doch ehrlich: Kannst Du Dir überhaupt ein junges Mädchen vorstellen, das – in Deinen Augen – gut zu ihm passen würde und Dir von Herzen willkommen wäre? Ein Mädchen, mit dem Du ihm eine glückliche Ehe voraussagen könntest?

Du kannst das? Wirklich wahr? Dann, nehme ich an, stellst Du Dir ein Ebenbild von Dir, ziemlich verjüngt, vor.

Viele Jahre lang, liebe Schwiegertochter, hast Du mir verbittert zu verstehen gegeben, wie schwer es seinerzeit für Dich war, vor meinen Augen »Gnade« zu finden.

Ich habe eingesehen, daß ich zu Beginn unserer Bekanntschaft nicht allzu fair zu Dir gewesen bin. Mußt Du heute unbedingt den gleichen Fehler machen wie ich damals? Vielleicht müssen das Mütter von Söhnen tatsächlich. Aber eines ist sicher: Dein Sohn erwartet sich von Dir, daß Du das Mädchen magst. Seine Liebe zu Dir wird nicht zunehmen, wenn Du dieser Erwartung nicht entsprichst.

Deine Schwiegermutter

Lieber Enkelsohn

Demnächst hast Du Geburtstag, und ich weiß ganz genau, was Du Dir von mir wünschst. Du wünschst Dir Geld von mir. Von allen, die Dir zum Geburtstag etwas schenken werden, wünschst Du Dir so viel Geld als nur möglich.

Eigentlich wäre es ja sehr bequem für mich, Dir einfach ein Kuvert mit ein paar Scheinen darin in die Hand zu drücken, weil ich ohnehin nie recht weiß, ob ich beim Einkaufen Deinen Geschmack treffe, und an Deinem vergrämten Gesicht schon oft bemerkt habe, daß ich Deinen Geschmack garantiert nicht getroffen habe.

Was es mir aber schwermacht, Dir Geld zu schenken, ist der Umstand, daß ich weiß, wofür Du dieses Geld haben willst. Du sparst emsig auf ein Motorrad. Ich will aber nicht, daß mein Enkel ein Motorrad hat! Ich weiß, Motorradfahren kann eine herrliche Sache sein. Dein Großvater hat, als er jung war, auch ein Motorrad gehabt. Hinter ihm auf der »Pupperlhutschen« durch die Gegend zu fahren, war für mich jeden Sonntag ein sehr großes Vergnügen. Recht schwer war mir das Herz, als Dein Großvater arbeitslos wurde und seine geliebte »Maschin« verkaufen mußte. Du siehst also, lieber Enkel, daß ich ein bißchen von Deiner Sehnsucht verstehe.

Nur haben sich leider die Zeiten geändert und die Motorräder auch. Jeden Freitag, wenn ich auf den Markt gehe und durch den Park komme, begegne ich einem jungen Mann, der im Rollstuhl sitzt. Er ist querschnittgelähmt. Einen Monat nach seinem achtzehnten Geburtstag hat er den Führerschein gemacht, wieder einen Monat später hat er sich ein Motorrad gekauft, und zwei Wochen darauf hat er den Unfall gehabt.

73

Ich weiß nicht, woher dieser junge Mann das Geld für sein Motorrad gehabt hat. Es könnte aber sein, daß es irgendwo eine alte Frau gibt, die mitgeholfen hat, ihm seinen Wunsch zu erfüllen. Ich möchte nicht in ihrer Haut stecken.

Wenn ich Dir Geld für das Motorrad gebe, schenke ich Dir einen Nagel für Deinen Sarg. Dein Vater und Deine Mutter denken genauso wie ich. »Keine ruhige Minuten werd' ich haben, wenn der Bub die Maschin hat«, hat Deine Mutter zu mir gesagt, und Dein Vater hat mir besorgt von den Unfallstatistiken erzählt, die klar beweisen, daß unter allen gefährlichen Fortbewegungsarten das Motorradfahren die gefährlichste ist. Daß Dir die beiden trotzdem zu Willen sind, Dir Geld schenken, hat nur einen Grund: Sie halten es nicht aus, wenn Du böse auf sie bist, wenn Du mufflert herumsitzt und Deinen »Frust« hast. Sie wollen in Frieden mit Dir leben. Das ist zwar verständlich, aber unvernünftig.

Ich muß mit Dir nicht unbedingt in Frieden leben. Mir reicht es, wenn Du überhaupt lebst und gerade und gesunde Knochen hast. Von mir bekommst Du zum Geburtstag einen langweiligen Pyjama, die üblichen Socken und Unterhosen und einen extralangen Nußstrudel. Der wenigstens wird Dir doch zusagen, oder?

Deine – nur diesmal – beinharte

Oma

Lieber Sohn

Du hast, wenn es um mich und meine Probleme geht, ein paar Allerweltssprüche für mich auf Lager, die mir ehrlich gesagt unheimlich auf die Nerven gehen.

Erzähle ich Dir, daß mir die Arbeit leider oft schon recht schwer fällt und mir Tätigkeiten, die ich früher so nebenbei und »mit links« erledigt habe, nun viel Mühe machen und mir wie Schwerarbeit vorkommen, dann sagst Du: »Ja, ja, im Alter muß man halt zurückstecken, Mama!«

Erzähle ich Dir, daß ich wieder einmal ziemliches Herzstechen gehabt habe und daß jetzt auch mein linkes Knie anfängt, »Manderln« zu machen, dann sagst Du: »Ja, ja, wir werden alle nicht jünger, Mama!«

Erzähle ich Dir, daß ich manchmal ganz verdrossen bin und zu rein gar nichts Lust habe und mich das Leben nicht mehr viel freut, dann sagst Du: »Ja, ja, schlimmer als alt werden ist nur jung sterben!«

Was mich an Deinen Allerweltssprüchen so furchtbar stört, ist nicht so sehr ihre Plattheit und ihre Blödheit, sondern der Umstand, daß Du sie so stereotyp für mich auf Lager hast, daß sie Dir so schnell, ganz ohne Nachdenken, unter dem Schnurrbart heraussprudeln. Das weist nämlich eindeutig darauf hin, daß Du absolut nicht gewillt bist, auch nur einen klitzekleinen Gedanken an meinen Zustand, an das Nachlassen meiner Kraft, an meine Schmerzen und Wehwehchen und an meine Depressionen zu verschwenden.

Ich bin mir ganz sicher, werter Herr Sohn, daß Du fest davon überzeugt bist, Deine Mutter zu lieben. Jedem Menschen, der daran Zweifel hegen sollte, würdest Du empört und ehrlichen Herzens widersprechen.

Aber was würdest Du eigentlich von meiner Liebe

75

zu Dir halten, wenn ich Dich – im Bedarfsfalle – mit platten Allerweltssprüchen abspeisen würde? Sei dessen gewiß, auch für Deine Probleme hätte ich da allerhand anzubieten.

Wenn Du deprimiert bist, weil Dir beruflich etwas nicht gelungen ist, könnte ich sagen: »Ja, ja, die jungen Bäume sollen nicht in den Himmel wachsen!«

Wenn Du mit Deiner Frau Krach gehabt hast, könnte ich sagen: »Ja, ja, nur wer ledig bleibt, hat keinen Ehestreit!«

Und wenn Du Dich gerade über Deine Kinder grün und blau ärgerst, könnte ich sagen: »Vater werden ist nicht schwer, Vater sein dagegen sehr!«

Na, lieber Sohn, würde Dir das gefallen? Wäre Dir damit viel gedient? Sicher nicht! Ich mache Dir also einen einfachen Vorschlag:

Wenn ich wieder einmal etwas sagen sollte, was bis jetzt Anlaß für einen Deiner Allerweltssprüche gewesen ist, dann sei so nett und behalte diese Weisheit für Dich, laß sie nicht unter dem Schnurrbart unbedacht durchflitzen. Seufze bloß ein bißchen. Ein kleiner Seufzer ist noch leichter und müheloser zu schaffen! Und ein Seufzer ist vieldeutig. Einem Seufzer kann ich – als willige Mutter – jede Menge Anteilnahme und Mitgefühl unterschieben. Und zufrieden sein! OK? Alles klar? Es grüßt Dich mit einem Seufzer

Deine Mutter

Liebe Schwiegertochter

Ich höre, daß Du ein Buchtelproblem hast. Du bist eine sehr gute Köchin. Dein Mann lobt Deine Kochkunst über den grünen Klee. Aber mit Deinen Buchteln ist er unzufrieden! Nur die Buchteln, die seine Mutter macht, sagt er, seien wirklich gute Buchteln.

Das ärgert Dich, denn, objektiv betrachtet, sind Deine Buchteln mindestens so wohlschmeckend wie die meinen.

Meiner Ansicht nach sind sie sogar weitaus köstlicher, weil sie flaumiger sind und eine zarte Kruste haben; was daran liegt, daß Dein Backrohr besser bäckt als das meine. Warum mein Herr Sohn, Dein Ehemann, trotzdem davon überzeugt ist, daß meine Buchteln die besten Buchteln der Welt sind?

Weißt Du, liebe Schwiegertochter, als er noch ein kleiner Bub war, gab es bei uns daheim jeden Freitag zu Mittag Buchteln. So gegen zehn Uhr rührte ich den Germteig zusammen, und dann schlug ich ihn fast eine Stunde lang mit dem Kochlöffel ab. Handmixer mit Knethaken gab es damals ja noch nicht. Und während ich der mühseligen Arbeit des Teigabschlagens nachging, saß mein kleiner Sohn auf seinem Schemel neben mir, und ich erzählte ihm Geschichten. Geschichten vom Pivonka. Den hatten wir uns erfunden. Der erlebte die tollsten Abenteuer. Einmal ruderte er in einem Waschtrog nach Amerika, einmal besiegte er beim Raufen den bösen Franzi aus dem Nachbarhaus, einmal befreite er die Milchfrau aus der Drachenhöhle.

Wenn ich vom Pivonka erzählte und dabei auf den Germteig einschlug, lauschte mein Sohn mit großen Augen und holte sich hin und wieder mit seinen kleinen Fingern ein bißchen rohen Germteig aus dem Weitling. Wenn der Germteig dann, bedeckt mit einem

Geschirrtuch, aufging, bewachte ihn mein Sohn. Vorsichtig schaute er immer wieder unter das Geschirrtuch und freute sich über die wundersame Teigvermehrung. Und wenn ich dann aus dem Teig die Buchteln machte, bekam er auch ein Stück Teig und spielte Bäckermeister. Er formte winzige Semmeln und Kipferln und Brezeln, die wir in einem Extra-Reindl ins Backrohr schoben. Die Buchtel-Freitage waren die Lieblingstage meines kleinen Sohnes.

Deinem Mann, liebe Schwiegertochter, geht es gar nicht um Buchtel-Qualität. Ihm geht es um schöne Erinnerungen an seine Kindheit; auch wenn er das selbst nicht weiß.

Meine Buchteln sind für ihn der heldenhafte Pivonka und das Bäckermeister-Spielen, der Zeigefinger im weichen Teig und eine Mama, die Zeit für ihren kleinen Sohn hat.

Dagegen, liebe Schwiegertochter, kommt auch das allerfeinste Buchtelrezept nicht auf! Sieben Dotter und das beste Mehl sind einer Erinnerung an glückliche Kindheitstage nicht gewachsen.

Ärgere Dich also nicht mehr über Deines lieben Ehemannes Unverstand in Sachen Buchteln, sondern freue Dich lieber, denn Menschen mit schönen Erinnerungen an ihre Kindheit sind halbwegs glückliche Menschen, mit denen es sich gut leben läßt.

Deine Schwiegermutter

Liebe Enkel

Ihr habt mir einen wohlgemeinten Vorschlag unterbreitet. Wenn ich schon nicht, habt Ihr mir erklärt, in ein Altersheim gehen wolle, so solle ich doch wenigstens in eine andere Wohnung ziehen! Es sei doch ein »echter Wahnsinn«, habt Ihr gesagt, daß ich mit meinen alten, kranken Beinen und meinem gar nicht gesunden Herzen im dritten Stock wohne, ohne Lift.

»Warum tust du dir das denn an, Oma«, habt Ihr mich oft gefragt, »wenn du doch deine Wohnung gegen eine Wohnung im Parterre tauschen könntest?«

Ihr habt ganz recht, liebe Enkel, es wäre wirklich wohltuend für mich, wenn ich nicht mehr tagtäglich diese dreimal vierundzwanzig Stufen mühselig hochzuschnaufen hätte. Vielleicht könnte ich mich sogar von meiner Wohnung trennen, obwohl mir das gar nicht leichtfallen würde.

Aber das Problem beim Wohnungstausch ist für mich dieses »Irgendwo«. Könnte ich hier in meinem Haus vom dritten Stock ins Parterre hinunterziehen, dann wäre das eine feine Sache. In das Nachbarhaus, wenn es unbedingt sein müßte, würde ich auch noch umsiedeln. Aber weiter weg, nein, meine Lieben, das geht wirklich nicht! Das käme mir ja vor wie »Auswandern«, und zum Auswandern bin ich viel zu alt.

Ich wohne hier seit fast fünfzig Jahren. Ich bin hier genauso festgewachsen wie der Kastanienbaum im Hof unten. Ihr meint, da, wo ich wohne, da sei doch ohnehin keine hübsche Gegend? Anderswo könnte ich es viel schöner haben? Viel grüner und viel ruhiger? Mit einem lieben Park in der Nähe, wo ich in der Sonne sitzen könnte? Eine kleine Wohnung mit Zentralheizung könnte ich mir nehmen? Dann müßte ich auch dem armen Kohlenträger nicht immer so ein hohes

79

Trinkgeld geben für seine Mühe wegen der dreimal vierundzwanzig Stufen?

Ihr habt natürlich schon wieder recht! Aber ich brauche meine Gegend. Und je schlechter einer gehen kann, umso kleiner wird seine Gegend. Die meine ist nicht mehr viel größer als ein paar Häuserblocks.

Ich brauche auch die Menschen meiner Gegend. Den Trafikanten und den Gaskassier, die Fleischhauerin, die Milchfrau, den Briefträger und die Alte mit der Warze auf der Nase. Die, die immer an der Ecke steht und tratscht. Dabei weiß ich nicht einmal, wie die heißt.

Ich brauch's, daß ich beim Einkaufen auf der Straße Leute treffe, die zu mir »Guten Tag, Frau Emma« sagen und fragen: »Wie geht's, Frau Emma?«

Ich brauch's, daß ich Leuten »Guten Tag« wünschen kann und sie fragen: »Wie geht's?«

Der Kastanienbaum, unten im Hof, hätte wahrscheinlich woanders auch ein besseres Leben. Aber genausowenig, wie man den ausgraben und woanders eingraben kann, kann man mich von hier wegbringen.

Hier bin ich daheim, solange ich es noch »derschnauf«.

Eure festverwurzelte

Oma

Liebe Enkeltochter

Halb im Spaß, halb im Ernst hast Du gestern zu mir gesagt: »Wenn ich erst einmal so alt und weise bin wie du, Oma...« Und ich habe Dich gefragt, was dann wäre. »Dann«, hast Du zu mir gesagt, »würde es mir viel leichter fallen, das Leben mit all seinen Tücken und Widrigkeiten zu ertragen!« Liebes Kind, daß ich alt bin, steht ja einwandfrei fest. Ob mich aber das Alter weise gemacht hat, ist eine andere Frage. »Weise«, das ist so ein anspruchsvolles Wort. Ich fühle mich wirklich nicht allzu weise. Eine Menge Erfahrungen habe ich freilich im Laufe von fünfundsiebzig Lebensjahren gemacht, und aus diesen Erfahrungen habe ich eine Menge Erkenntnisse gewonnen. Übrigens: Die wichtigsten Erfahrungen in meinem Leben habe ich beileibe nicht freiwillig gemacht. Ich hätte sie mir sogar oft sehr gern erspart.

Wie ich das meine? Nun, zum Beispiel die Erfahrung, daß ein Ehemann, auch wenn er seine Ehefrau gern hat, hin und wieder untreu wird, die hätte ich leicht missen können.

Auch die Erfahrung, daß auf gute Freunde, wenn man sie einmal wirklich braucht, nicht immer Verlaß ist, hätte ich nicht unbedingt gebraucht.

Und die Erfahrung, daß man von Leuten, die man gern hat, bloß benutzt und ausgenutzt wird, wäre mir auch entbehrlich gewesen; zumindest zu dem Zeitpunkt, als ich diese Erfahrung machen mußte.

Wenn man es genau nimmt, waren viele der Erfahrungen, die ich machen mußte, eigentlich Enttäuschungen.

Vielleicht, liebes Kind, ist es aber so im Leben, daß man ein kleines bißchen weise wird, wenn man mit diesen Enttäuschungen halbwegs gut zurechtkommt.

Wenn man durch sie nicht verbittert und ungerecht, nicht mieselsüchtig und böse wird, sondern sie hinterher – mit einem gewissen Abstand – als Erfahrungen, durch die man klüger geworden ist, sehen kann. Warum das manchen Menschen leicht gelingt und anderen Menschen kaum, weiß ich nicht genau zu sagen. Aber ich glaube doch, daß es viel mit dem Quantum an Humor zu tun hat, das einem Menschen gegeben ist. Wer Humor hat, schafft das Leben leichter. Wem das Leben leichtfällt, der kann auch Enttäuschungen überwinden, sie zu Erfahrungen machen und aus diesen klug werden. Oder weise, wenn Dir das besser gefällt. Warum aber ein Mensch Humor hat und ein anderer nicht, das ist mir ein Rätsel. Mit dem Leben, das einer führen muß, mag es wohl zu tun haben, doch Erklärung dafür ist es noch keine, denn ich kenne viele Menschen, die ein sehr schweres Leben voll der Schicksalsschläge hinter sich haben und trotzdem viel Humor besitzen. Und ich kenne andere Menschen, die es immer gut hatten und aller gröberen Sorgen bar waren und doch alte Sauertöpfe ohne einen Funken von Humor sind.

Du siehst also, meine liebe Enkeltochter, so weise, daß ich mich mit den einfachsten Sachen im Leben auskennen würde, bin ich immer noch nicht. Aber ich hoffe, ich habe ja noch ein paar Jahre Zeit, um echt weise zu werden.

Deine Oma

Lieber Nachwuchs

Bei Eurem letzten Besuch, als die Rede auf Euren Vater, beziehungsweise Schwiegervater und Großvater, kam und ich zu Euch sagte, er und ich, wir beide hätten eine glückliche Ehe geführt, habt Ihr ungläubig gelächelt. Du, liebe Tochter, hast mich dann milde rügend gefragt: »Aber Mama, verklärst du da nicht allerhand?« – »Nein, absolut nicht«, habe ich ehrlichen Herzens geantwortet. Worauf Du, lieber Sohn, gesagt hast: »Aber Mama! Ihr habt doch unentwegt gestritten. Hast du denn vergessen, daß der Papa in den letzten Jahren ein richtiger Grantscherm war? Er hat dir doch das Leben sehr schwergemacht!« Und dann habt Ihr aufgezählt, was es an ihm – nicht nur in seinen letzten Lebensjahren – alles auszusetzen gab, und wie ich – Eurer Meinung nach – unter ihm gelitten habe. »Du hast dich ja auch genug über ihn beklagt. Hast du das vergessen?« hast Du, liebe Schwiegertochter, gesagt. Habe ich mich bei Euch beklagt? Wenn Ihr es sagt, wird es wohl stimmen. Sehr einfach und sehr leicht war das Zusammenleben mit meinem »Alten« gewiß nicht immer. Kann schon sein, daß ich da hin und wieder mein Herz bei Euch ausgeschüttet habe. Aber so ernst war das nicht zu nehmen! Ja, ja, ich habe meinem Mann nichts mehr recht machen können. An allem hat er etwas auszusetzen gehabt. Besonders am Essen. Wenn ich das Gulasch vier Stunden lang gekocht habe, war ihm das Fleisch noch immer zu hart. Sogar die Erdäpfel, hat er mir vorgehalten, koche ich falsch, die hätten »keinen Geschmack«. Damals hat mich das natürlich gegiftet. Damals habe ich ja nicht gewußt, daß er einen Tumor im Magen hat. Die Rechthaberei, die er im Alter entwickelt hat, und der unheimliche Starrsinn, den er bekommen hat, die haben natürlich nichts mit dem Tumor zu tun gehabt, und ich weiß auch, daß ich sehr darunter gelitten habe. Aber wenn ich mich jetzt daran erinnere, kommt mir das alles gar nicht mehr so arg vor. Viel besser und viel lieber erinnere ich mich an die schönen Stunden mit ihm, und die hat es bis zum Schluß auch gegeben.

Das hat nichts mit »Verklären« zu tun. Ich treffe, wenn ich mich erinnere, bloß eine Auswahl. Das tut jeder. Niemand erinnert sich an alles, was er erlebt hat. Seid froh, daß ich nicht so bin wie die Meier und mich nicht nur klagend aller Unglücksstunden meines Lebens entsinne.

Außerdem: Wie ist denn eine glückliche Ehe? Wißt Ihr das so genau? Ich weiß es, so alt ich auch bin, noch immer nicht. Aber ich weiß eines: Auch wenn mein »Alter« und ich oft nicht einer Meinung waren und uns übereinander grün und blau gifteten, so sind wir doch jeden Abend, er von der rechten Seite, ich von der linken Seite, ins Ehebett gestiegen und haben gespürt, daß wir zueinander gehören und daß wir uns brauchen und sehr liebhaben.

Seit die rechte Hälfte meines Ehebettes leer ist, weiß ich, daß das »Glück« war. Könnte ich es zurückbekommen, ich würde noch weit mehr »Marotten« aushalten.

Eure Mutter

Werter Nachwuchs

Ihr behauptet immer, daß die »Alten« verbittert seien
und maßlos ungerecht, und daß sie die »Jungen« nicht
verstünden. Besonders auf Kinder, sagt Ihr, schimpf-
ten alte Leute unentwegt. Kinderfeindlich, sagt Ihr,
seien sie. Zu frech, zu faul, zu träge, zu laut und zu
anspruchsvoll seien ihnen die »heutigen« Kinder. Dauernd hieße es: »Zu unserer Zeit hätte es das nicht gegeben!« Und: »Keine Erziehung haben diese Fratzen!«
Ganz gewiß, werter Nachwuchs, gibt es eine Menge
alter Leute, die derart vergrämt und verbittert sind und
an Kindern kein gutes Haar lassen.

Der alte Peterka, bei mir im Haus, der ist so ein
Exemplar. Nur – bitteschön – der Peterka, seinerzeit,
als er noch der »junge« Peterka war, war auch kein
erfreulicher Mitmensch. Dir, lieber Sohn, wird das
doch noch gut in Erinnerung sein, oder? »Frecher Sau-
fratz«, hat er immer hinter Dir hergeschrien. Einmal
hat der Dir sogar eine Watschen gegeben. Damals war
der Peterka dreißig Jahre alt! Und die alte Huber, die
mit ihren siebzig Lenzen noch immer auf der Anrede
»Fräulein« besteht, hat mir vor vierzig Jahren schon
erklärt, daß die »heutige« Jugend nichts tauge, und hat
mir einen Krach gemacht, wenn Ihr im Hof unten ein
bißchen auf die Hupe vom Dreiradler gedrückt habt.

Ob jemand Kinder gern hat, scheint also nicht unbedingt eine Frage des Alters zu sein. Obwohl ich gern
zugebe, daß sich die Abneigung gegen Kinder beim
Peterka und der Huber im Laufe der Jahrzehnte sicher
noch verstärkt hat. Solche »Zwiderwurzen«, wie sie
heute sind, waren sie früher wahrscheinlich nicht.
Aber nicht alle alten Leute sind vom Schlage Peterka
oder Huber. Ganz im Gegenteil, werter Nachwuchs!

Wenn ich mich so bei mir in der Gegend umschaue,

sehe ich lauter alte Frauen, die nicht nur ihre Kinder, sondern auch ihre Enkel großgezogen haben, weil ihre Töchter und Schwiegertöchter berufstätig waren. Hätten sie das getan, wenn sie Kinder nicht leiden könnten?

Erst gestern hat sich die alte Smetacek bei mir beklagt, daß ihre Tochter zu wenig Verständnis für ihre Enkel habe. »Ka Geduld und ka Einsehen«, hat sie gesagt. »Wegen ein bißl Lautsein und Dagegenreden ist sie gleich aus dem Häusel. Und daß als Kind selber schlampert war, hats total vergessen!«

Und der Enkel von der alten Meier kommt mit jedem großen Problem, das er hat, nur zu seiner Oma. Die versteht ihn, sagt er, nämlich weit besser als seine Eltern.

Und der alte Cerny, der ein ziemlich lausiger und gar nicht freundlicher Vater war, hat sich – auch das gibt es – zu einem sehr liebevollen Großvater gewandelt. Was ihn an seinen Kindern in helle Wut versetzt hat, nimmt er an seinen Enkeln geduldig mit einem milden Lächeln hin. Alte Leute und Kinder vertragen sich oft sehr gut. Es gibt viel Liebe zwischen ihnen! Von beiden Seiten!

Glaubt das Eurer alten

Oma

Liebe Kinder

Gerade habe ich meine große »Restl-Sammlung« inspiziert und versucht, mich dazu zu überwinden, den ganzen Kram wegzuwerfen. Ich habe es nicht geschafft! Lacht ruhig über mich und nennt mich eine alte »Bandelkramerin«, aber ich bringe es einfach nicht übers Herz, all die schönen Wollknäul, Borten, Bandeln, Stoffrestln und Spitzenfleckerln in die Mistkübel zu stopfen. Ich kann mich von ihnen nicht trennen!

Im Krieg, seinerzeit, war jedes Wollknäul, das man ergattern konnte, ein wahres Gottesgeschenk. Und über die zehn Zentimeter Dirndlstoff, die mir unsere Nachbarin schenkte, damit ich sie an Dein Dirndl, liebe Tochter, unten anstückeln konnte, war ich glücklicher, als Du, liebe Tochter, heute über ein nagelneues Seidendirndl bist.

Und meine große Blechdose mit den vielen Knöpfen drin, die war in der Nachkriegszeit ein wahres Vermögen wert. Alle Nachbarinnen sind zu mir gekommen, wenn sie Knöpfe gebraucht haben. Für acht braune Hornknöpfe hat mir die Smetacek damals zwei Eier gegeben. Zwei Eier, die waren in dieser Zeit das große Glück!

Wer solche Erinnerungen hat, der bringt es eben nicht übers Herz, ein schleißiges, verwaschenes Kleid samt seinen tadellosen Knöpfen und seinem gut erhaltenen Zippverschluß wegzuwerfen. Der muß dem Kleid zuerst die Knöpfe abschneiden und den Zippverschluß heraustrennen. Der hält eben Knöpfe und Zippverschlüsse für kleine Kostbarkeiten.

Wenn man viele Jahre seines Lebens »Notzeiten« erlebt hat, bekommt man eine andere Einstellung zu dem, was Ihr, die Ihr im Überfluß lebt, »Abfall« nennt. Man hat einen Blick dafür, was sich aus diesem

Abfall noch alles machen ließe. Aus meiner »Restl-Sammlung« ließen sich ein Fleckerlteppich und eine Patchworkdecke machen. Und viele Puppenkleider. Und ein paar Kinderpullover und etliche Faschingskostüme.

Ja, ja, ich weiß schon, wenn Ihr einen schicken Pulli strickt, dann wollt Ihr Euch schöne, neue Wolle kaufen. Und Ihr habt keine Zeit, Patchworkdecken zu sticheln und bunte Faschingskostüme zu nähen. Und Ihr könnt Euch auch keine Kleider ohne Knöpfe kaufen, nur damit meine Knopfsammlung zu Ehren kommt!

Umstellen soll ich mich endlich, meint Ihr? Als ob das so leicht wäre! Ich habe immer nach dem Motto leben müssen: »Wer sich nicht g'fretten kann, der kann nicht hausen.« Ich bin, vor dem Krieg, im Krieg und nach dem Krieg, eine wahre Meisterin im G'fretten geworden. Ich habe gelernt, aus zwanzig Wollrestln eine Weste zu stricken, aus vier alten Kleidern ein neues zu »kombinieren«, eine Torte aus Bohnen zu backen, Sicherungen zu flicken und Socken neue Sohlen einzustricken. Das Wegwerfen habe ich nicht gelernt, und in meinem Alter lernt man nichts Neues mehr dazu.

Ich kann einfach nicht einsehen, daß ein Knopf, nur weil ihn im Moment niemand braucht, seinen Wert verlieren sollte. Ein Knopf ist das Produkt aus ein bißchen Material und viel menschlicher Arbeit. Arbeit gehört nicht in den Abfalleimer! So sieht das

Eure Mutter

Lieber Sohn

Als wir letzten Sonntag heftig ins Streiten gekommen sind, weil ich mich über etliche Deiner Ansichten zu aktuellen politischen Ereignissen grün und blau geärgert habe, hast Du abschließend milde seufzend zu mir gesagt: »Na ja, Mama, du verstehst halt die heutige Zeit nimmer!«

Und hinterher, beim Weggehen dann, hast Du Dich bei mir entschuldigt, weil Du gemeint hast, ich könnte wegen dieser Bemerkung gekränkt sein.

War ich aber nicht, werter Herr Sohn! Ich verstehe die »heutige Zeit« tatsächlich nicht. Es ist sogar noch viel schlimmer mit mir! Ich muß Dir gestehen, daß ich auch die »gestrige Zeit«, die, in der ich jung war und in die ich, Deiner werten Ansicht nach, gehöre, nicht verstanden habe und noch immer nicht verstehe.

Na, da schaust Du, werter Herr Sohn!

Ich habe – seinerzeit – nicht verstanden, warum es eine »Wirtschaftskrise« gibt und eine »Inflation«. Ich habe nur darunter gelitten.

Ich habe auch nicht verstanden, warum mein kleiner Bruder, der doch immer so ein netter und lieber Kerl gewesen ist, plötzlich in einer SA-Uniform dahergekommen ist und vertrottelte Sprüche herumgebrüllt hat.

Ich war nur traurig darüber. Ich habe nicht verstanden, warum sich Menschen, die den Ersten Weltkrieg erlebt hatten, einen Zweiten Weltkrieg aufzwingen ließen. Ich habe nur auf Feldpostbriefe gewartet und gebetet, daß Dein Vater nicht für »Führer und Vaterland« fallen möge.

Ich habe nicht verstanden, warum unser Hausmeister, der Brunner, dem alten Herrn Fischl »Saujud« auf die Auslage gepinselt hat, wo er sich doch ein Jahrzehnt lang vom Fischl die Anzüge hat schneidern lassen.

Ich war nur empört darüber!

Mit dem, was ich mein Lebtag lang nicht verstanden habe, ließen sich ganze Bücher füllen. Gar nichts habe ich wirklich verstanden. Nur die Not und das Elend, die Ungerechtigkeit und die Unmenschlichkeit habe ich gesehen und gespürt. Und war hilflos dagegen.

Aber leiden und sich nicht wehren können hat ja mit »verstehen« nicht viel zu tun.

Es würde mich freuen, werter Herr Sohn, wenn Du Deine Zeit besser verstehen solltest als ich die meine. Warum solltest Du das auch nicht? Du bist länger in die Schule gegangen als ich, Du hast mehr gelernt, bist also viel gebildeter als ich. Dadurch hast Du vielleicht, wie das meine Enkel so nennen, den »Durchblick«.

Und wenn sich der doch hin und wieder trüben sollte, dann hast Du ja genügend Freizeit und kannst Dich in dieser ausreichend informieren und darüber nachdenken. Ich, die ich seinerzeit, in »meiner Zeit«, drei Kinder und einen Haushalt zu versorgen hatte und in die Fabrik auf »Schicht« gehen mußte, konnte das leider nicht. Drum sei so gut und kanzle mich nicht milde und von oben herab ab, sondern erklär mir halt die »heutige Zeit«. Und wenn's geht, auch noch die »gestrige« dazu.

Deine Mutter

Lieber Sohn

Bei Deinem letzten Besuch, als das Gespräch auf Deine Schulden, die Du vornehm »Verpflichtungen« nennst, kam und ich wegen der Höhe dieser Schulden-Verpflichtungen sehr entsetzt war, hast Du mir erklärt, daß Schuldenhaben heute zum guten Ton gehöre, daß jedermann Schulden habe, und daß ich, die ich zeitlebens vor Ratenkäufen und Krediten zurückschreckte, halt von unserem Wirtschaftsgefüge rein gar nichts verstünde. Mag sein, mag sein, werter Herr Sohn!

Die Meinung, daß man sich erst dann ein neues Auto kaufen sollte, wenn man das Geld, das so ein Blechkübel kostet, zusammengespart hat, mag ja eine kleinkarierte und spießige Ansicht von mir sein. Aber meine Angst, daß Du in ein paar Monaten die Raten für das neue Auto vielleicht nicht mehr wirst zahlen können, weil Dir die Überstunden gestrichen werden, ist doch eine ziemlich realistische Angst, oder?

Zu Monatsanfang war ich auf dem Postamt. Da habe ich, vor dem Erlagscheinschalter, viele Menschen gesehen, alle mit Erlagscheinen. Jeder hatte so viele davon, daß ein kurzsichtiger Mensch hätte meinen können, die guten Leute hätten allesamt weiße Papierfächer in den Händen, um sich ein bißchen Frischluft zuzuwacheln. Fröhlich haben diese Leute nicht dreingeschaut. Ich kann mir auch nicht vorstellen, daß diese Leute einen friedlichen Schlaf haben.

Ich kann mir noch weniger vorstellen, daß der Besitz von allerhand Konsumkram ein Ausgleich sein könnte für die schrecklichen Alpträume, von denen diese Leute Nacht für Nacht heimgesucht werden.

Komm mir bloß nicht, werter Herr Sohn, mit unserer Wirtschaft, die nicht florieren kann, wenn Du nicht kaufst wie eine Brummhummel!

Wenn eine Wirtschaft so ist, dann ist das in meinen Augen eine Sauwirtschaft!

Im Wohlstand zu leben ist eine schöne Sache. Ich gönne Dir jeglichen Wohlstand.

Aber der Zustand des Wohlstandes ist doch nur dann gegeben, wenn man sich wohl fühlt.

Du fühlst Dich nicht wohl, lieber Sohn. Dir wachsen die weißen Haare und die Magengeschwüre aus lauter Sorge und Streß wegen Deiner diversen Verpflichtungen.

Ja, ja, lieber Sohn, ich weiß, Du kommst allen Deinen Verpflichtungen pünktlich nach. Wenn ich recht informiert bin, zahlst Du sogar noch die Raten für das Auto ab, das Du vor einem Jahr zu Schrott gefahren hast.

O. K., das läßt sich nun nicht mehr ändern, und über Dinge, die man nicht ändern kann, soll man nicht viel jammern.

Aber sei doch – um Christi willen – wenigstens so vernünftig und leg Dir jetzt nicht auch noch die sündteure Fotoausrüstung auf vierundzwanzig Monatsraten zu! Ein guter Fotograf wird aus Dir, mein lieber Sohn, doch Dein Lebtag lang nicht mehr, und die »Wirtschaft« wird Deine Enthaltsamkeit schon irgendwie verkraften.

Kapier endlich, daß Du Dir nicht leisten kannst, was Du Dir leistest.

Deine Mutter

Liebe Kinder

Manchmal, wenn ich Euch etwas erzähle, macht Ihr recht gelangweilte Gesichter. Dann merke ich, daß Ihr meine Geschichte schon kennt, daß ich Euch schon wieder einmal etwas »zum hundertsten Mal« erzähle. Euren Gesichtern ist dann anzumerken, was Ihr denkt. Ihr denkt Euch: Na ja, das ist der Kalk! Die Mama hat vergessen, daß wir das schon neunundneunzigmal gehört haben!

Liebe Kinder, ich muß Euch gestehen, ganz so ist das nicht. Oft erzähle ich Euch eine Geschichte aus meinem Leben, obwohl ich genau weiß, daß Ihr sie schon kennt. Aber ich erzähle diese Geschichten halt so schrecklich gern!

Ihr, liebe Kinder, erzählt ja auch gern Geschichten aus Eurem Leben. Nur: Bei Euch tut sich tagtäglich allerhand. Ihr erlebt jede Menge »brandneuer« Geschichten.

Bei mir ist das nicht mehr so. Mein Alltag ergibt kaum mehr Geschichtenstoff.

Machen wir uns doch nichts vor! Den größten Teil meines langen Lebens habe ich hinter mir. Darum sind die Erinnerungen für mich sehr wichtig geworden. Mich an frühere Zeiten zu erinnern gehört schon langsam zu den liebsten Beschäftigungen, die ich habe.

Und ob Ihr, liebe Kinder, es glaubt oder nicht, seit einigen Jahren erinnere ich mich an viele Dinge in meinem Leben, die ich längst vergessen hatte.

Sie kommen alle wieder. Jeden Tag fällt mir irgend etwas wieder ein. Sogar Erlebnisse aus meiner Kindheit! Wenn das Leben aufregend ist, wenn jeden Tag etwas Neues passiert, wenn man voll der Pläne für die Zukunft ist, hat man weder Zeit noch Lust, sich allzuviel mit der Vergangenheit zu beschäftigen.

In meinem Leben tut sich nicht mehr viel, und Pläne für die Zukunft habe ich auch keine mehr. Ich habe Zeit für die Vergangenheit! Ich genieße meine Erinnerungen!

Manchmal sitze ich stundenlang in meinem Lieblingssessel, schaue mir alte Fotos an und lasse sie lebendig werden. Als ob ich mir einen alten Film ansehe, ist das dann. Der erste Verehrer, die Verlobung, die Arbeitskollegen, mein Mann, meine Kinder, die Enkel ...

Und – Gott sei Dank – es ist, alles in allem, ein guter Film; einer mit einem Happyend. Vielleicht beschwindle ich mich dabei ein bißchen. Mag ja sein! So gut und so harmonisch, wie mir – rückblickend – jetzt meine Ehe vorkommt, war sie wahrscheinlich nicht. Und die lieben und braven Kinder, als die Ihr mir nun in Erinnerung seid, die wart Ihr sicher auch nicht immer.

Aber es käme mir wie verschwendete Zeit vor, mich an das Traurige und Böse in meinem Leben zu erinnern. Ich halte mich an die schönen Erinnerungen. Ich mache schon langsam Lebensinventur. Ich rechne alle »Positiva« zusammen.

Liebe Kinder, ich darf Euch sagen, ich habe ein volles »Lager«. Nehmt es mir nicht übel, daß ich Euch hin und wieder mit einem »Posten« aus diesem Lager langweile.

Ist doch besser, als wenn ich Euch etwas vorjammern würde. Oder?

Eure Oma

Liebe Tochter

Ich frage mich manchmal, wie es Dir eigentlich wirklich geht. Ich weiß, das klingt ziemlich komisch. Schließlich sehe ich Dich mindestens alle vierzehn Tage einmal und erkundige mich jedesmal nach Deinem werten Befinden und erfahre von Dir, daß alles in schönster Ordnung sei. Nur kann ich das leider nicht ganz glauben. Du schaust nämlich gar nicht so aus, als ob bei Dir alles in Ordnung wäre. Und glücklich schaust Du schon gar nicht aus!

Irgendwo habe ich einmal gelesen: Falten sollten nur anzeigen, wo einmal ein Lächeln gesessen hat!

Die Falten in Deinem Gesicht, meine liebe Tochter, sind aber keine Lachfalten. Sie zeugen von Ärger und Kummer und Gram.

Früher einmal, vor vielen Jahren, habe ich meistens gewußt, was Dich bedrückt. Weil Du mir viel von Dir erzählt hast, liebe Tochter. Du hast Dich immer bei mir ausgeweint. Und ich habe Dich, so gut ich es eben konnte, getröstet.

Aber das hat sich im Laufe der Jahre geändert. Du und ich, wir zwei reden miteinander, als ob wir flüchtige Bekannte wären. Du erzählst mir, was Du kochst und welches Kleid Du Dir kaufen willst und wohin Dein Chef auf Urlaub fährt und wieviel Taschengeld Dein Sohn bekommt. Wie es Dir geht, erzählst Du mir nicht. Ich vermute, daß Du Kummer mit Deinem Mann hast. Man hört ja so allerhand. Auch eine Großstadt ist ein Nest, in dem es immer jemanden gibt, der ganz genau Bescheid weiß.

In diesem Falle weiß die alte Smetacek Bescheid. Die hat eine Nichte, die mit einem Herrn befreundet ist, der eine Schwester hat, die eine Kusine hat, die angeblich die Geliebte meines Herrn Schwiegersohns ist.

95

Nun frage ich mich, warum Du vor mir so tust, als sei bei Dir »alles in Butter«. Hast Du vielleicht Angst, daß ein gewisser Triumph aus meinen Augen blitzen könnte, wenn Du mir Dein Eheleid klagen würdest? Oder hast Du gar Angst, daß ich sagen könnte: »Ach, Kind, ich habe ja von Anfang an gesagt, daß er nicht der Richtige für dich ist. Du hättest eben auf mich hören sollen!«

Ich weiß so gut wie Du, liebe Tochter, daß Töchter manchmal im Leben einfach auf ihre Mütter nicht hören können. Ich weiß sogar, daß Töchter manchmal gut daran tun, auf ihre Mütter nicht zu hören.

Hätte ich stets auf meine Mutter gehört, hätte ich vielleicht ein wesentlich bequemeres, aber sicher kein glücklicheres Leben gehabt.

Es gibt keinen Grund anzunehmen, daß das bei Dir anders sein sollte.

Es freut mich wirklich nicht, daß ich, was Deine Ehe betrifft, in manchen Punkten recht behalten habe. Recht zu behalten ist zwar eine sehr schöne Sache, aber sie verträgt sich absolut nicht mit der Liebe, die ich zu Dir, mein Kind, empfinde. Und diese Liebe, liebe Tochter, ist für mich ein wesentlich wichtigeres Gefühl als die Rechthaberei!

Ich hoffe, daß Dir das irgendwann einmal klar wird und daß wir zwei dann wieder wirklich miteinander reden können, denn zum Trösten war ich immer recht brauchbar.

Deine Mutter

Werte Schwiegerkinder

Einer meiner Enkel – und es tut gar nichts zur Sache, welcher – hat mir erzählt, daß Ihr gerade dabei seid, meinen Sommer zu planen, und daß es deswegen zwischen Dir, werter Schwiegersohn, und Dir, werte Schwiegertochter, zu heftigen Debatten kommt. Es geht darum, habe ich erfahren, wer mich dieses Jahr »zu nehmen hat«, und wem ich heuer »zufalle«.

Es zeugt ja von Pflichtgefühl, daß Ihr Eure Schwiegermutter in Urlaubszeiten versorgt wissen wollt, aber seht bitte ein, daß mich nichts in der Welt dazu bringen wird, mit Menschen in die Ferien zu fahren, die mich nur aus Pflichtgefühl mitnehmen.

Widersprecht nicht, ich habe die Lage kapiert. Sie ist ja auch recht klar:

Solange Eure Kinder klein waren, war es recht angenehm für Euch, die Oma im Urlaub bei Euch zu haben. Da habt Ihr sie als Babysitter rund um die Uhr gut brauchen können. Wenn Ihr in aller Herrgottsfrühe auf hohe Berge kraxeln wolltet oder eine Nacht durchfeiern wolltet, hat ja jemand dasein müssen, der auf die Kinder schaut.

Aber nun brauchen Eure Kinder keinen Babysitter mehr, also braucht Ihr mich nicht mehr. Es tut mir leid, daß ich das nicht schon viel früher kapiert habe und mich der dummen, trügerischen Meinung hingab, Ihr fahrt gerne mit mir auf Urlaub.

Wenn ich mir vorstelle, liebe Schwiegertochter, daß das saure Gesicht, mit dem Du im letzten Urlaub dauernd herumgegangen bist, nicht auf Dein unglückseliges Naturell, sondern auf meine Anwesenheit zurückzuführen war, dann bekomme ich noch nachträglich Herzflattern. Und da ich nun weiß, lieber Schwiegersohn, daß Du mich nur Deiner Ehefrau zuliebe hel-

97

denhaft ertragen hast, ist der Fall für mich klar: Ich werde daheim bleiben!

Und ich werde auch nicht sagen, warum ich das tue. Ich will meinem mitteilsamen Enkel keine Schwierigkeiten machen. Ich werde Euch einfach erklären, daß ich in meinem Alter gar keine Lust mehr auf Ortsveränderungen habe. Ihr werdet das widerspruchslos hinnehmen. Alte Menschen sind eben wunderlich, werdet Ihr Euch sagen und insgeheim erleichtert aufatmen.

Das Daheimbleiben wird mir zwar ein bißchen schwerfallen, weil mein Herz die Sommerhitze in der Stadt nicht gut verträgt, aber vielleicht wird der heurige Sommer ohnehin verregnet und kalt. Außerdem ist ein kleiner Herzanfall immer noch leichter zu ertragen als das Gefühl, unerwünscht zu sein.

Atmet also auf, ehrenwerte Schwiegerkinder! Keines von Euch wird heuer im Sommer »die Alte auf dem Gnack haben«!

Wenn ich richtig nachrechne, dann bist Du, lieber Schwiegersohn, nun dummerweise Deiner Schwägerin gegenüber im Nachteil. Sie wäre ja heuer »dran« gewesen. Und Du hast mich nun einmal öfter ertragen als sie. Mach Dir nichts draus. Gute Taten tragen Früchte. Vielleicht hält Dich dafür, in zwanzig, dreißig Jahren, Dein Schwiegersohn um einmal öfter aus als Deine Schwiegertochter.

Das wünscht von ganzem Herzen

Eure Schwiegermutter

Lieber Sohn, liebe Tochter

Weil ich keine trügerischen Hoffnungen in Euch nähren will, muß ich endlich einmal unumwunden bekennen:

So leid es mir auch tut, ich werde Euch keine Erbschaft hinterlassen, die dazu angetan wäre, Euch über den Verlust meiner Person ein wenig hinwegzutrösten!

Sucht also bitte, wenn es eines Tages einmal soweit sein wird, erst gar nicht alle meine Kästen und Kasteln nach versteckten Sparbüchern, verborgenen Golddukatendepots oder ähnlich Wertvollem zwischen der Bettwäsche und den Winterstrümpfen ab. Das, lieber Sohn, liebe Tochter, wäre vergebliche Mühe!

Ich weiß, andere Mütter sorgen diesbezüglich weit besser vor. Die alte Smetacek, zum Beispiel, die hat eine viel kleinere Pension als ich und trotzdem vier Sparbücher. Und jeden Monatsanfang zwackt sie von ihrer kleinen Rente für jedes dieser Sparbücher einen Hunderter ab. Ein Hunderter ist zwar nicht viel, aber mit Zinsen und Zinseszinsen wurden im Laufe von vielen, vielen Jahren aus den monatlichen Hundertern ganz schöne Summen, die die vier Smetacek-Töchter nach dem Ableben der Smetacek in gehobene Trauerstimmung versetzen werden.

Wenn ich mich recht erinnere, so habe ich ja auch einmal zwei Sparbücher – eines für Dich, liebe Tochter, eines für Dich, lieber Sohn – angelegt und habe auch, Jahre hindurch, brav jeden Monat etwas auf diese Sparbücher eingezahlt.

Daß trotzdem in all der Zeit nie ein nennenswerter Betrag zusammenkam, liegt daran, daß Ihr mich stets als letzte Zuflucht und allerletzten Ausweg in Geldschwierigkeiten angesehen habt. Jahraus, jahrein war ich Euer bequemes Kredit-Institut, das noch dazu

sämtliche Rückzahlungen von vornherein als »unein-
bringbare Forderungen« stillschweigend abgeschrie-
ben hat.

Mißversteht mich bitte nicht! Ich will mich absolut
nicht beklagen! Ich habe es immer als ganz selbstverständlich angesehen, Eure finanziellen Nöte als die
meinen zu nehmen und sie, soweit es in der Macht
meiner bescheidenen Mittel steht, aus der Welt zu
schaffen.

Nur müßt Ihr beide nun halt einsehen, daß man
nicht erben kann, was man sich bereits zu Lebzeiten
des »Erblassers« geholt hat.

Mir ist natürlich auch klar, daß diese »vorzeitige«
Aufteilung der Erbmasse nicht allzu gerecht ausgefallen ist, weil ich meine »Zuschüsse« ausschließlich nach
dem dringlichen Bedarf verteilt habe, und dieser dring-
liche Bedarf wurde meistens von Dir, lieber Sohn, geäußert.

Glaube mir, liebe Tochter, immer wenn ich Deinem
Bruder einen oder zwei Tausender zusteckte, nahm ich
mir ehrlich vor, den gleichen Betrag für Dich zur Seite
zu legen. Damit alles gerecht zugeht!

Aber ich schaffte es nicht. Entweder, weil meine
Pension zu klein oder der Bedarf meines Herrn Sohnes
zu groß war.

Ich habe längst aufgegeben, liebe Tochter, nachzu-
rechnen, wieviel ich Dir »schuldig« wäre, und kann
nur hoffen, daß Du ein bißchen Verständnis für diese
Ungerechtigkeit aufbringst.

Ich hab' geholfen, wo Hilfe nötig war. Wenn's falsch
war, bittet um Entschuldigung

Eure Mutter

Liebe Tochter

Du beklagst Dich oft, daß Dein Sohn und Deine Tochter, was das Essen anbelangt, so »heikel« seien. Nur das Beste vom Besten, sagst Du, dürftest Du ihnen vorsetzen. Und auch das, seufzt Du, mampften sie ohne ein Wort des Lobes für Deine Mühe und Deine Kochkunst. Und dann erinnerst Du Dich verklärt Deiner Jugendjahre und tust so, als hättest Du seinerzeit strahlend vor Eßlust jeden Teller leergeschleckt und mir hinterher jede Menge Lob zukommen lassen.

Liebe Tochter, Deine Erinnerung trügt Dich da ganz gewaltig. Du warst genau das, was man im Wienerischen eine »Zezen« nennt. Aus der Gemüsesuppe hast Du die Erbsen einzeln geklaubt und neben dem Teller abgelegt. Jedes Bröckerl Fleisch hast Du regelrecht seziert, um es von Fettfuzerln zu befreien. Zwiebelspuren in Soßen haben Dich zum Kreischen gebracht, und alles, was mit Einbrenn zubereitet war, hast Du nicht einmal gekostet.

Freilich, Wiener Schnitzel, Sachertorte, Brathendl, Spargelsuppe und all die anderen Köstlichkeiten, die Deinem Sohn und Deiner Tochter nicht einmal ein mattes Lächeln entlocken, die hast Du sehr geliebt und konntest gar nicht genug davon bekommen.

Nur bedenke bitte, daß damals andere Zeiten waren. Eine Sachertorte hatten wir nur zu Weihnachten, Wiener Schnitzel gab es einmal im Monat am Sonntag, ein Hendl bekamen wir nur dann, wenn uns die Pepi-Tante eines aus dem Waldviertel schickte, und Spargel kaufte ich nur an Deinem Geburtstag, weil er Deine Lieblingsspeise war. Und beim Spargelkaufen kam ich mir fast wie eine Hochstaplerin vor, denn so ein Luxus war damals nur etwas für die »besseren Leute«.

Du servierst heutzutage Deinen Kindern tagtäglich,

was früher die »besseren Leute« nur an den Feiertagen hatten oder nicht einmal dann.

An die Jahreszeiten haltet Ihr Euch auch nicht mehr. Und Ihr eßt mit größter Selbstverständlichkeit ausländische Früchte und exotische Nahrungsmittel, die ich nicht einmal beim Namen nennen kann. Ihr jammert, wenn es im März noch keine ägyptischen Heurigen gibt. Daß Ihr Weintrauben rund ums Jahr habt und daß Euch die Erdbeeren aus Israel eingeflogen werden, findet Ihr ganz normal.

Aber die wirkliche Freude am »guten Essen« hat man doch nur dann, wenn man das weniger gute Essen tagtäglich bekommt. Wenn die »Köstlichkeit« keine Ausnahme mehr ist, verliert sie jeden Reiz.

Wenn ich mich recht erinnere, könnte der Wochenspeiseplan bei uns daheim in Deinen Jugendjahren so gelautet haben:

> Montag: – Gröstl mit roten Rüben.
> Dienstag: – Bröselnudeln mit Apfelkompott.
> Mittwoch: – Paradeissoße mit Reis.
> Donnerstag: – Spinat mit Spiegeleiern.
> Freitag: – Gebackener Seefisch mit Erdäpfelsalat.
> Samstag: – Linsen mit Knackwurst.

Liebe Tochter, laß doch diesen uralten Speisezettel wieder zu Ehren kommen!

Ich bin überzeugt, daß dann Dein Sonntagsschnitzel auch wieder zu ungeahnten Ehren kommen wird.

Deine Mutter

Lieber Nachwuchs weiblichen Geschlechts

Ich wende mich diesmal speziell an Euch, weil ich aus langer Lebenserfahrung weiß, daß ich mit dem Problem, welches mich seit ein paar Wochen sehr beschäftigt, bei den Männern in der Familie wenig Gehör finden werde.

Eigentlich ist es nicht direkt mein Problem, denn ich habe eine eigene Pension und eine Witwenpension, und beide Pensionen werden mir von meinem lieben Briefträger monatlich ohne jede Komplikation auf den Küchentisch geblättert. Aber im Nachbarhaus, im ersten Stock, da wohnt die Frau Meier. Die hat keine eigene Pension, weil sie ihr Lebtag Hausfrau war. Nur-Hausfrau, wie das so geringschätzig heißt.

Sie hat nämlich »nur« vier Kinder und drei Enkel großgezogen und »nur« Dreck geputzt und »nur« gekocht und »nur« eine große Familie fast ein halbes Jahrhundert tadellos betreut.

Witwenpension hat die Frau Meier auch keine, weil der Herr Meier – gottlob! – noch am Leben ist. Leider ist das im Moment aber kein schönes Leben, denn er liegt seit vielen Wochen im Spital.

Als er erst eine Woche im Spital war, kam der Briefträger mit der Pension zur Frau Meier. Die Frau Meier wollte die Pension übernehmen, aber der Briefträger rückte sie nicht heraus. »Tut mir leid, aber das darf ich nicht«, sagte er. Die Frau Meier war empört! Schließlich verwaltet sie seit fast einem halben Jahrhundert die Familienfinanzen.

Die Pension wurde dem kranken Herrn Meier ein paar Tage später von einem anderen Briefträger ans Spitalsbett gebracht. Von wo sie die Frau Meier dann abholte. Vier Wochen später war der arme Herr Meier noch immer im Spital; leider nicht gesünder. Ganz im

Gegenteil. Es ging ihm so schlecht, daß er nicht in der Lage war, die Übernahme der Pension mit seiner Unterschrift zu bestätigen. Also zog der Briefträger mit der »Marie« wieder ab.

Die Frau Meier und ich, die wir uns bei den Gesetzen nicht so gut auskennen, hielten das zuerst für einen Irrtum der Post. Dann kapierten wir, daß der Postbeamte genau nach Vorschrift gehandelt hat. Also hielten wir die Sache für einen bürokratischen Irrtum der Pensionsversicherungsanstalt.

Aber nun, wieder zwei Wochen später, ist die Frau Meier noch immer ohne Pension und hat einsehen müssen, daß der ganze Wahnsinn kein bürokratischer Irrtum, sondern ganz normale »Gesetzeslage« ist. Nun frage ich Euch, lieber und kluger und weiblicher Nachwuchs, was da zu tun ist. Sagt mir bitte nicht, ich – oder sonstwer – möge der Frau Meier ein bißchen Geld vorstrecken, bis der Herr Meier wieder in der Lage sein wird, eine Unterschrift zu leisten. Darum geht es nicht!

Die Frau Meier, seit fast einem halben Jahrhundert der sparsame Finanzminister der Familie, hat ein bißchen was auf der hohen Kante, sie wird nicht verhungern, sie wird auch den Zins zahlen können!

Es geht mir ums Recht! So kann ein richtiges Recht doch nicht sein! Oder?

Eure wirklich wütende

Oma

Lieber Sohn, liebe Tochter

Bei Eurem letzten Besuch wart Ihr ein bißchen »frustriert« von mir. (Ich glaube, das nennt Ihr doch neuerdings so?) Ich war deprimiert, und das hat Euch deprimiert.

Tut mir leid, Ihr Guten!

Ich weiß, Ihr hättet es gern, stets eine quietschvergnügte Mutter vorzufinden, wenn Ihr Euch schon die Mühe macht, bei mir aufzukreuzen. Schließlich habt Ihr ja genug eigene Sorgen! Euch noch Sorgen um mich zu machen, überstiege die Grenze Eurer Belastbarkeit!

Eine Mutter, so seid Ihr es gewohnt, ist dazu da, den Kindern bei Bedarf Trost zu spenden. Die umgekehrte Aufgabenstellung, nämlich die, daß die Kinder der Mutter Trost spenden, habt Ihr nicht »drauf«. (Ich glaube, das nennt Ihr doch neuerdings so?)

Ich bemühe mich ja redlich, Euch mit dieser Art von Zuwendung nicht allzuhäufig zu behelligen, aber das, was mein lieber Hausarzt »Altersdepression« nennt, läßt sich halt nicht einfach zur Seite schieben und abstellen, wenn Ihr an der Tür klingelt und das Frühlingssträußchen überreichen wollt.

»Aber Mama, wer wird denn wegen ein bißchen Grippe gleich so deprimiert sein?« hast Du, lieber Sohn, zu mir gesagt. »Aber Mama, die Grippe haben doch jetzt so viele Leute«, hast Du, liebe Tochter, zu mir gesagt. Ich nehme es Euch nicht übel, Ihr Lieben, aber Ihr habt leider überhaupt keine Ahnung, wie das ist, wenn man fünfundsiebzig Jahre alt ist und krank wird. Auch wenn es nur eine Grippe ist. Und gerade dann, wenn es nur eine Grippe ist! Daß man bei einer richtigen, argen Krankheit k. o. ist, ist leicht hinzunehmen. Aber daß man durch ein bißchen Grippe total

»geschafft ist«, das kann einen wirklich deprimieren. Ein bißchen Husten, ein bißchen Schnupfen, ein bißchen Halsweh, und schon liegst »auf der Dacken« und mußt Dir sagen, daß Du ein »alter Scherm« bist.

Früher, sagst Du Dir, hast Du doch auch Grippe gehabt und bist hustend und schnupfend in die Arbeit gegangen. Und jetzt, mußt Du Dir sagen, bist Du schon total erschöpft, wenn Du vom Bett bis zur Wohnungstür gehst!

Und mußt die Nachbarin bitten, daß sie Dir ein Kipferl und ein Packel Milch einkauft, weil Du weißt, Du schaffst den Weg über die Stiegen nicht. Und dann mußt Du Dich fragen, wie das nächste Jahr sein wird, wenn das so weitergeht? Und ob es überhaupt ein übernächstes Jahr geben wird?

Ihr, lieber Sohn und liebe Tochter, die Ihr solche Probleme nicht habt, weil weder das nächste noch das übernächste Jahr ein endgültiger Termin für Euch sein wird, könnt das freilich nicht verstehen. Aber man muß doch nicht alles verstehen, um es zu tolerieren. Nehmt doch, bitte, meine Stimmungslagen, auch wenn sie einmal keine sehr positiven sind, einfach hin. Ihr könnt mir den Kummer, den ich manchmal mit mir habe, nicht ersparen. Aber Ihr könntet es mir ersparen, mich wie ein raunziges Kleinkind zu behandeln, das ohne ersichtlichen Grund unzufrieden ist.

Seid so nett!

Eure Mutter

Liebe Tochter

Du verstehst nicht, hast Du zu mir gesagt, warum ich mich nicht viel öfter mit meinen alten Nachbarinnen und Nachbarn zu einem gemütlichen Kaffeeplausch treffe. Da hätte ich, meinst Du, doch jede Menge Unterhaltung und brauchte nicht über Einsamkeit zu klagen.

Ach, liebe Tochter! Ich habe ja wirklich nichts gegen die Pribil und die Smetacek und die Rosi und den Ressl und den Wewerka. Nur, so lieb und so wert sie mir sind, so schrecklich können sie mir auch auf die Nerven gehen. Sie sind nämlich allesamt mit allerlei Krankheiten und Wehwehchen geschlagen und neigen dazu, ihre diversen Leiden ausführlich zu besprechen.

Nicht, daß ich kein Verständnis dafür hätte, daß die gute Pribil ständig an ihre lädierten Organe denkt und an die drei roten, die vier blauen und die fünf weißen Pillen, die sie in dreistündigem Abstand und wechselnder Farbenfolge zu schlucken hat. Und daß die Smetacek unentwegt über ihre geschwollenen Beine redet, nehme ich ihr auch nicht übel. Wenn's weh tut, jammert man halt.

Ich habe mich auch schon längst daran gewöhnt, daß mich die Rosi und der Ressl darüber informieren, wer »in unserem Alter« schon wieder »ins Gras gebissen hat«, und stundenlang darüber sinnieren, wer es auch »nicht mehr lang machen wird«. Und den alten Wewerka, den kennst Du ja! Der stirbt uns schon seit vierzig Jahren. Im Moment ist er sich ganz sicher, daß er es »auf der Leber hat« und den kommenden Sommer nicht mehr erleben wird. Wenn dann noch der Huber vom Parterre dazukäme und in aller Ausführlichkeit einen Vortrag über seine Verdauung halten würde, dann wäre der nette »Plausch«, bei dem ich,

107

Deiner Meinung nach, jede Menge Unterhaltung hätte, perfekt!

Die paar Brottag, die ich noch zu leben habe, die möchte ich eigentlich wirklich nicht damit zubringen, daß ich mir lange Geschichten über Begräbnisse und Schrumpfnieren, Sterbefälle im Häuserblock, Blähungen und Todestermine anhöre. Ich hätte es viel lieber lustig und heiter. So lustig und so heiter, daß ich auf meine eigenen Wehwehchen ein wenig vergessen könnte. Wenigstens für ein, zwei Stunden. Aber nach einem Plausch mit meinen alten Nachbarinnen und Nachbarn bin ich ja richtig deprimiert und bereit, mein Testament zu machen.

Viel lieber, liebe Tochter, würde ich mit der jungen Frau, die vor ein paar Monaten in die Wohnung unter mir eingezogen ist, hin und wieder ein Stunderl plaudern. Die höre ich manchmal, wenn die Fenster offen sind, so lustig lachen. Und wenn sie vom Einkaufen heimkommt, dann summt sie immer vor sich hin.

Ein paar Mal habe ich mir schon vorgenommen, sie auf einen Kaffee zu mir einzuladen. Aber dann habe ich es doch bleiben lassen, weil ich mir gedacht habe, daß so eine junge Frau wahrscheinlich mit so einer »alten Schachtel« wie mir nichts zu tun haben will. Aber anderseits: Wenn man in alten Schachteln kramt, kann man allerhand Brauchbares finden.

Ich werd' doch bei ihr anklopfen und sie einladen.

Deine Mutter

Liebe Nachkommen

Gestern, als Ihr bei mir wart, habt Ihr Euch köstlich darüber unterhalten, daß die »uralte« Pribil mit dem »steinalten« Smetana »etwas hat«. Gar nicht fassen habt Ihr Euch können darüber. Kopfschüttelnd und kichernd habt Ihr Euch gegenseitig erklärt, wie sonderlich Euch die beiden vorkommen.

In dem Alter! Und wie zwei Verliebte! Ein Bussi hat er ihr auf die Wange gehaucht! Und sie hat ihm nachgewinkt!

Na und?

Ich verstehe ja, daß junge Menschen (und aus meiner Sicht sind auch Fünfzigjährige noch jung) meinen, alte Leute hätten mit der Liebe nichts mehr im Sinn. Ich war da auch nicht viel anders. Ich erinnere mich noch gut: Als ich achtzehn Jahre alt war und merkte, daß sich unsere vierzigjährige Nachbarin heiß in einen ebenfalls vierzigjährigen Herrn verliebt hatte, hielt ich die beiden für verrückt! Und als ich dann selber vierzig Jahre alt war, erschien mir völlig normal, daß vierzigjährige Menschen ein Liebesleben haben.

Doch daß unsere siebzigjährige Hausmeisterin auch noch ein selbiges hatte, erschien mir reichlich übertrieben. Nun bin ich selber »uralt« und finde es absolut nicht lächerlich oder abwegig, wenn alte Menschen einander liebhaben.

Der Mensch, ganz egal, ob er ein Baby oder ein Greis ist, braucht Liebe und Zuneigung. Ohne Freundlichkeit und Zärtlichkeit macht das Leben keinen Spaß. Das werdet Ihr mir doch zugeben, liebe Nachkommen. Freilich, man bekommt auch Zuneigung von seinen Kindern und Enkelkindern. Aber so, wie den Enkeln die Zuneigung der Großmutter nicht genügt, um glücklich im Leben zu sein, so, werte Nachkommen, ist der Großmutter (oder dem Großvater) die Zuneigung, die sie von Enkeln und Kindern bekommt, eben auch oft nicht ausreichend, um halbwegs glücklich zu sein. Außerdem gibt es ja auch noch alte Menschen, die keine Kinder und keine Enkelkinder haben.

Wenn ich mir die Sache genau überlege, sind nicht die uralten Liebespaare komisch, sondern auch die Leute, die über die uralten Liebespaare lachen und sich lustig machen. Diese Menschen haben nämlich anscheinend eine verquere und verkorkste Einstellung zur Liebe. Sie glauben, ein Mensch dürfe nur lieben, wenn sein Körper faltenlos ist, die meisten seiner Zähne noch »echt« sind und seine Haare noch nicht schlohweiß.

So zu denken, werter Nachwuchs, ist schon eine ziemlich kindische und unreife Einstellung. Der Mensch verliert doch, wenn er altert, nicht seine Liebesfähigkeit. Und die Sehnsucht, geliebt zu werden, verliert er auch nicht. Warum eigentlich wollt Ihr alten Menschen nicht zugestehen, was für Euch im Leben ganz wichtig ist? Das fragt Euch

Eure Oma

PS: Nur keine Angst, ich bin nicht »neu« verliebt. Mir geht es nur ums Prinzip. Und ums Recht der uralten Pribil auf Zuneigung.

Liebe Tochter

Gestern, als Du bei mir warst, hast Du mir nicht nur – liebenswürdigerweise – diesen fürchterlichen Wisch für das Finanzamt ausgefüllt, sondern mir auch wieder einmal unverhohlen zur Kenntnis gebracht, wie falsch ich Dich seinerzeit erzogen habe.

Du machst Dich – zum Beispiel – lustig darüber, daß ich Dich als Baby immer auf den Topf gesetzt habe und sehr stolz darauf war, daß Du schon mit einem Jahr total »sauber« warst. Das, erklärst Du mir, schade der gesunden seelischen Entwicklung eines Kindes. Du beklagst Dich auch darüber, daß ich Dich seinerzeit zu Arbeiten im Haushalt anhielt, aber Deinen Bruder von diesen Belästigungen ungeschoren ließ. Stimmt! Genauso könnte mir übrigens Dein Bruder vorhalten, daß ich seinerzeit oft zu ihm gesagt habe: »Schäm dich, ein Bub wird doch nicht weinen!«

Dir habe ich keine Eisenbahn und keinen Indianerkopfputz gekauft, obwohl Du so gern einen gehabt hättest. Und ihm habe ich keine Puppe geschenkt, obwohl er sich als Bub eine gewünscht hat! Und Du bist als junges Mädchen »strenger gehalten« worden als Dein Bruder!

Kurz und gut: Ich war nicht fortschrittlich genug, was meinen Erziehungsstil anbelangte. Komischerweise hielt ich mich aber für sehr fortschrittlich; so sonderbar Dir das vorkommen mag. Ich war – zum Beispiel – stolz darauf, daß ich Dir nie mit dem schwarzen Mann drohte, und daß ich Dich nie schlug (abgesehen von ein paar Tachteln, die mir leider doch hin und wieder »ausrutschten«).

Ich war auch stolz darauf, daß ich Dich über sexuelle Dinge (so gut ich es eben verstand) aufklärte, und daß ich Dich einen Beruf erlernen ließ, und daß ich auf

Deine Wünsche (soweit es mir möglich war) einging und sie erfüllte. Mir hat man als Kind mit dem schwarzen Mann gedroht, mich hat man als Kind geprügelt, ich durfte keinen Beruf lernen, weil ich ja später sowieso einmal heiraten würde. Mich klärte man als Kind über Sexualität so wenig auf, daß ich meine erste Regel für eine tödliche Krankheit hielt, und um das, was ich mir wünschte, scherte sich kaum wer.

Ich versuchte bei meinen Kindern all das zu vermeiden, worunter ich als Kind gelitten hatte, und meinte, das sei fortschrittlich und richtig. Ich bin nicht so selbstgerecht, daß ich die Erziehung, die ich Euch angedeihen ließ, auch heute noch in allen Punkten für richtig halte. Ganz im Gegenteil. In meinen schlaflosen Stunden – und solche habe ich fast jede Nacht – überlege ich mir oft, was ich hätte besser machen können.

Aber leider komme ich da bloß zu dem Schluß, daß ich gar nichts hätte besser machen können. Ich war eben vor fast einem halben Jahrhundert nicht so schlau, all das von Kindererziehung zu wissen, was man seit einem Jahrzehnt in Büchern nachlesen kann. Kurz und gut: Ich war nie klüger als die Zeit, in der ich lebte. Hoffentlich bist Du es!

Deine Mutter

Lieber Sohn

Weise und lebenserfahren, wie Du nun einmal bist,
hast Du mir gestern genau erklärt, was ich alles falsch
mache, und wie ich mir das Leben selbst schwermache.
Du hast mir auch gleich Verbesserungsvorschläge unterbreitet, die mir – so ich sie beherzige – einen ver-
gnüglichen Lebensabend garantieren werden.

Du hast das Problem wieder einmal klar erkannt,
lieber Sohn!

»Mama«, hast Du gesagt und milde Dein kahler wer-
dendes Haupt geschüttelt, »was rennst du denn auch
dauernd herum, wenn dir das Gehen so schwerfällt.
Das mußt du doch nicht!«

Und dann hast Du mir expliziert, wie ich, im Lehn-
stuhl sitzend und mich aus diesem kaum erhebend,
sorglos mein schönes Auskommen haben könnte. Ich
rekapituliere also brav:

1. Ich lege mir ein Konto auf der Sparkassa zu und
lasse mir auf dieses meine Rente überweisen, bezahle
nur mehr mit Schecks und unterschreibe Daueraufträ-
ge und erspare mir dadurch etliche Stunden »Wegzeit«
pro Monat. Nicht einmal mehr zur Wohnungstür muß
ich humpeln, um den Geldbriefträger und den Gaskassier hereinzulassen.

Zur Post, wegen der Erlagscheine für Miete, Radio,
Telefon und Versicherungen, brauche ich dann auch
nicht mehr. Und zur Sparkasse, um den Notgroschen
aufs Sparbuch zu legen, schon gar nicht. Der bleibt ja
dann gleich dort!

2. Ich kaufe mir eine mittlere Tiefkühltruhe. Diese
füllst Du mir einmal im Monat randvoll, hast Du gesagt, und ich hole mir jeden Tag heraus, was ich so
brauche. Wodurch sich das tägliche mühsame Einkaufen für mich komplett erledigt.

3. Du schenkst mir einen erstklassigen und »trottel-sicheren« Blutdruckmeßapparat, und ich kann auch den wöchentlichen Gang zum Arzt streichen.

4. Ich lasse mir einen Versandhauskatalog schicken und bestelle meine Unterhosen und Blusen und Reindln und Schürzen und Handtücher aus dem Katalogangebot. Dann wird es nicht mehr vorkommen, daß ich total erschöpft heimkehre, nur, weil ich in acht Geschäften war und nichts Passendes gefunden habe.

5., 6., 7. Ich erwerbe eine Trockenhaube und muß nicht mehr zum Friseur. Ich lasse die Zeitungen mit der Post schicken und brauche nicht mehr in die Trafik. Ich gehe nicht mehr zur Huber auf einen Plausch, sondern rufe sie an.

Und dann, lieber Sohn, lasse ich meine Wohnungstür mit Granit verkleiden, wie einen schönen Grabstein.

HIER RUHT EMMA K., BEI LEBENDIGEM LEIBE BEGRABEN.

Der Mensch braucht Menschen, lieber Sohn. Ich werde mich unter selbige begeben, solange ich noch humpeln kann. Mühselig humpeln ist immer noch leichter, als allein zu sein.

Deine uneinsichtige

Mutter

Liebe Enkeltochter

Diesen Brief schreibe ich Dir ein bißchen zögernd, weil ich weiß, daß mich alte Frau die Liebesbeziehungen eines jungen Mädchens, selbst wenn es die eigene Enkelin ist, gar nichts angehen. Aber von Deiner Mutter habe ich gehört, daß Du einen Mann liebst, der verheiratet ist. Unglücklich verheiratet natürlich! Seine Frau versteht ihn nicht! Und er will sich schon lange scheiden lassen!

Liebe Enkeltochter, ich will Dir wirklich keine moralischen Vorhaltungen machen, ich will Dir bloß eine uralte Geschichte erzählen. Eine Geschichte aus meinem Leben. Eine, die ich übrigens noch niemandem in der ganzen Familie erzählt habe.

Also:

Ich war damals vierzig Jahre alt und hatte zwei Kinder und einen netten Mann und ging jeden Morgen zur Arbeit und kam am Abend heim und kochte und räumte auf und wusch im Waschtrog Wäsche, bügelte und flickte Unterhosen und Socken. Bis Mitternacht arbeitete ich meistens und fiel dann todmüde ins Bett. Vielleicht merkte ich deshalb gar nicht, daß mein lieber Mann am Abend immer seltener daheim war.

Einmal mußte er Überstunden machen, einmal war er beim Stammtisch im Wirtshaus, einmal beim Briefmarkensammlertreffen und einmal beim Preisschnapsen. Nicht, daß mich das sehr gefreut hätte, aber ich dachte mir: Ein Mann braucht eben seine Freiheit! (Was ein ausgemachter Blödsinn ist, aber das hatte mir meine Mutter stets gepredigt.)

Eines Tages dann, ich war gerade beim Herrenhemdenbügeln, klingelte es an der Wohnungstür. Dein Vater, damals noch ein Schulbub, lief zur Tür und kam mit einem sehr jungen, sehr hübschen Fräulein ins

Zimmer zurück. Und das junge, sehr hübsche Fräulein hielt – sozusagen – bei mir um die Hand Deines Großvaters an.

Mit mir, erklärte sie mir, sei Dein Großvater doch nur unglücklich. Ich hätte doch kein bißchen Verständnis für ihn! Kurz und gut: Ich möge doch bitte endlich in die Scheidung einwilligen und mich nicht länger dagegen sträuben!

Vor lauter Schreck ließ ich das heiße Bügeleisen auf dem besten Hemd Deines Großvaters stehen und brannte der Hemdbrust einen großen, kohlrabenschwarzen Fleck.

Was ich dann zu dem Fräulein sagte, weiß ich nicht mehr. Ich erinnere mich nicht einmal mehr an das, was ich Deinem Großvater erzählte, als er heimkam.

Sicher ist nur, liebe Enkeltochter, daß Dein Großvater und ich viele, viele Jahre später die Goldene Hochzeit feierten. Und als wir einmal, knapp vor seinem Tode, auf das schöne junge Fräulein zu sprechen kamen, wußte Dein Großvater nicht mehr, ob sie Liese oder Lotte oder Lieselotte geheißen hatte.

So, das war meine uralte Geschichte. Ich wollte mit ihr keineswegs andeuten, daß es Dir ergehen könnte wie dieser Liese oder Lotte oder Lieselotte. Ich wollte nur sagen, daß eine Geschichte immer zwei Seiten hat und Du Dir vielleicht auch diese zweite Seite anschauen solltest.

Deine Oma

Liebe Enkeltochter

Gestern, als du bei mir warst und das Gespräch auf die »alte Meier« kam, hast Du gemeint, daß Du nicht begreifen kannst, wieso die alte Meier überhaupt noch leben mag. Du hast gesagt, daß sie doch nichts mehr im Leben habe, was – Deiner Ansicht nach – ein Leben lebenswert mache.

Dann hast Du sehr erschrocken geschwiegen, wahrscheinlich deshalb, weil Dir klar wurde, daß mein Leben nicht viel anders ist als das Leben der »alten Meier«. Und dann hast Du ein bißchen herumgestottert, daß Du das nicht so gemeint hättest.

Du hast es so gemeint, liebe Enkeltochter, und Du hättest deswegen gar nicht zu stottern brauchen, denn ich bin die allerletzte, die Dir solche Ansichten übelnimmt. Ich glaube, ich habe sie in Deinem Alter auch oft geäußert. Und ich habe auch in späteren Jahren noch so gedacht.

Nicht einmal ein Dutzend Jahre ist es her, da dachte ich, sooft ich meine Nachbarin anschaute: Also, wenn ich einmal so schlecht sehe wie die arme Frau und so mühselig wie sie an einem Stock herumhumpeln muß, dann mag ich wirklich nicht mehr! Da möge mir doch ein gütiges Schicksal schnell einen ordentlichen Herzschlag spendieren.

Nun sehe ich um nichts besser als meine Nachbarin vor einem Dutzend von Jahren und humple noch mieser dahin als sie damals und mag trotzdem noch leben. Sehr gern sogar! Ich muß ja oft selbst darüber lachen, aber seit vielen Jahren sage ich immer wieder zu mir: Ein, zwei Jahre lang möchte ich schon noch auf der Welt sein. Wahrscheinlich würde ich das auch noch mit hundert sagen; obwohl ich nicht annehme, daß ich diesen rundesten aller runden Geburtstage erleben werde.

Dagegen hätte ich allerdings nichts. Oder sagen wir lieber: Meistens hätte ich nichts dagegen.

Denn hin und wieder, da gibt es schon Stunden oder Tage, wo man sich sagt: Nun reicht es aber! Das sind halt so Stimmungen. Altersdepressionen nennt man das, hat ein gebildeter Herr im Fernsehen gesagt. Doch die gehen wieder vorüber. Und das Leben freut einen ja auch nicht jeden Tag, wenn man noch jung ist. Oder?

Ehrlich gesagt – so komisch das auch klingen mag –, als ich jung war, hat mich das Leben viel, viel öfter nicht gefreut. Wahrscheinlich, weil man sich in jungen Jahren vom Leben viel mehr erwartet und viel leichter enttäuscht wird.

Mit den Jahren gibt man klein bei und wird bescheiden. Und freut sich an Kleinigkeiten, die jungen Menschen gar nicht auffallen oder von ihnen als selbstverständlich hingenommen werden. Hab also keine Angst, liebe Enkeltochter, Deine Oma lebt gern! Ich sag' Dir eins: Die Menschen, die als Alte nicht gern leben, die haben schon als Junge nicht gern gelebt.

Deine nicht sehr rüstige, aber zufriedene

Oma

Lieber Sohn

Gerade warst Du auf Deinen üblichen »Sprung« bei
mir, bist zehn Minuten auf meinem Küchenstockerl
gesessen, hast dabei dreimal auf Deine Uhr geschaut
und ebensooft gesagt, daß Du »gleich wieder rennen«
mußt, weil Du »so im Druck« bist. Und weil ich darüber ein wenig gelächelt habe, hast Du mich milde
rügend angeschaut und seufzend gesagt: »Du hast es ja
gut! Bist in der Rente, kannst den ganzen Tag tun, was
du willst, und hast keine Verantwortung mehr zu tragen!«

Das stimmt, lieber Sohn und Verantwortungsträger!
Nur ist es leider so, daß wir alten Leute die Verantwortung, die wir hatten, nicht freiwillig abgegeben haben. Ihr habt sie uns weggenommen. Ihr habt uns,
mehr oder weniger taktvoll, beigebracht, daß wir die
Gegenwart nicht mehr verstehen und die Zukunft
nicht mehr planen können, somit als Verantwortungsträger nicht mehr geeignet seien.

Ein wenig mag das ja auch stimmen, aber alte Menschen haben etwas in reichem Maße, was jungen Menschen fehlt: Sie haben Erfahrung!

Daß Ihr Jungen von unserer Erfahrung so wenig Ge-
brauch macht, ist eigentlich schade. Gewiß, lieber
Sohn, gibt es eine Menge alter Leute, die grantig und
verbittert sind, die mieselsüchtig dahinleben und den
Jungen nichts gönnen und ständig nur empört greinen,
daß sie die »heutige Zeit« nicht mehr verstehen. Aber
glaube mir, lieber Sohn, diese Leute waren auch in
ihren »besten Jahren« keine angenehmen Zeitgenos-
sen. Welche meiner Erfahrungen Euch schon von gro-
ßem Nutzen sein könnten? Das weiß ich nicht genau,
lieber Sohn. Das müßten wir gemeinsam herausfinden.
Aber um herauszufinden, was Euch von meiner Le-

119

benserfahrung nützlich sein könnte, müßten wir wohl viel mehr miteinander reden. Dazu reichen die kurzen Besuche, zu denen Ihr Euch aufrafft, bei weitem nicht.

Ein paar Erfahrungs-Kleinigkeiten, mit denen ich dienen könnte, fallen mir aber trotzdem ein. Da liest Du – nur zum Beispiel – seit etlichen Wochen jeden Abend in einem dicken Buch, um zu erfahren, was sich hierzulande im letzten halben Jahrhundert zugetragen hat.

Ich will ja nicht behaupten, daß ich so klug wäre wie dieses Buch. Aber schließlich bin ich seit fünfundsiebzig Jahren auf der Welt und weder blind noch taub, noch dumm. Daß Du in einem Buch nachliest, wie es einer jungen Arbeiterin im Ständestaat so ergangen ist, anstatt mich danach zu fragen, die ich damals eine junge Arbeiterin war, finde ich irgendwie sonderbar.

Ebenso merkwürdig ist es, daß Ihr Eurer Tochter ein Kochbuch mit dem Titel ›Aus Großmutters Küche‹ zum Geburtstag schenkt. Warum schickt Ihr sie nicht einfach in Großmutters Küche, um an Ort und Stelle Einblick in Millirahmstrudel und Wasserspatzen und Powidltatschkerln zu nehmen? Warum kauft Ihr Märchenschallplatten und holt mich nicht zum Märchenerzählen?

Ich soll meinen wohlverdienten Ruhestand genießen, meinst Du, lieber Sohn? Auf den, ich schwör's Dir, würde ich gern – im Rahmen meiner Möglichkeiten – pfeifen.

Deine Mutter

Lieber Schwiegersohn

Dein alter Freund Otto hat doch einen Cousin, der angeblich mit einem »Oberen« im ORF gut bekannt ist. Wäre es vielleicht möglich, daß Dein Freund Otto seinem Cousin in meinem Auftrag etwas mitteilt, damit dieser es an seinen oberen ORF-Freund weiterleitet? Nein, nein, lieber Schwiegersohn, nur keine Angst, ich wünsche mir weder siebenmal die Woche eine Folge der ›Schwarzwaldklinik‹, noch will ich einen ›Senioren-Club‹ rund um die Uhr.

Mir geht es um folgendes:

Als ich heute beim Doktor im Wartezimmer saß und eine Zeitschrift durchblätterte, entdeckte ich einen Artikel über AIDS.

Ich las diesen Artikel und erfuhr dabei, daß der ORF eine warnende und aufklärende Einschaltung des früheren Gesundheitsministers über AIDS ablehnte, weil in ihr das unschöne Wort Präservativ vorkam.

Angeblich hat ein ORF-Hauptabteilungsleiter das so erklärt: »Stellen Sie sich vor, da schaut die Oma nachmittags mit ihrem Enkel das Kinderprogramm an und hört etwas von AIDS.«

Für den Fall, daß dieser Hauptabteilungsleiter das wirklich gesagt haben sollte, würde ich ihm gern ausrichten lassen, daß er auf uns Omas wirklich nicht so aufklärungshindernde Rücksichten zu nehmen brauchte.

Zu einer Zeit nämlich, wo dieser Herr Hauptabteilungsleiter höchstwahrscheinlich noch gar nicht auf der Welt war, sondern noch in Abrahams Wurstkessel herumgeschwommen ist, habe ich bereits über Geschlechtskrankheiten Bescheid gewußt.

Und was Präservative anbelangt – das möge der Bekannte des Cousins deines Freundes Otto dem ORF-

Herrn bestellen –, weiß wahrscheinlich meine Generation weit besser Bescheid als heutzutage die jungen Leute. Weil wir nämlich in einer Zeit jung waren, in der es keine Antibabypillen und keine Spiralen gab und Kondome unsere einzigen halbwegs sicheren Verhütungsmittel waren.

Richtig zornig werde ich beim Schreiben! Hält man uns alte Menschen denn für Dodeln, die nichts vom Leben kapiert oder alles bereits wieder vergessen haben? Glaubt man wirklich, wir seien ein verstaubter Restbestand aus der ersten Türkenbelagerung, der zittrig im Schaukelstuhl sitzt und gemeinsam mit den Enkerln auf die Mini-ZiB wartet?

Der Herr Hauptabteilungsleiter möge bitte zur Kenntnis nehmen, daß ich fünfundsiebzig Lebensjahre hinter mir habe, die leider ziemlich reich an Kummer und Sorgen und Einblick in allerlei Not und Qual waren. Ich kenne mich einigermaßen aus im Leben.

Ich weiß sogar, werter Herr ORF-Hauptabteilungsleiter, was »homosexuell« heißt und was ein »Fixer« ist. Und mich träfe keineswegs der flüssige Schleimschlag, wenn ich statt eines Am-Dam-Des-Kasperls einen AIDS-Spot anschauen müßte.

Wenn ich noch einmal so einen »Ausspruch« lese, werde ich glatt zum »Grauen Panther« und steige auf die Barrikaden.

Und die – Ehrenwort! – errichten wir Alten uns noch selbst, wenn man nicht aufhört, uns wie die lieben Deppen zu behandeln.

Deine zornige

Schwiegermutter

Allerliebste Enkeltochter

Du weißt, ich gehöre nicht zu der Sorte von alten Menschen, die stets nach der guten, alten Zeit jammern. Die Zeit, in der ich jung war, war keine sehr gute.

Einen Weltkrieg erlebte ich als kleines Kind, einen als junge Frau. Und die Zeit dazwischen war auch nicht gerade ein Honigschlecken. Sicher, da geht es Dir viel besser!

Es gibt zwar – das habe ich im Radio gehört – momentan mehr als sechzig Kriegsschauplätze auf der Welt, doch von denen ist Dein Leben nicht betroffen; abgesehen davon, daß Dir Dein Reisebüro von etlichen Gegenden dieser Welt als Urlaubsziel abraten muß. Aber wenn Du mir, so wie vorigen Sonntag, erklärst, daß so ein Leben wie das, das ich als junger Mensch führen mußte, »einfach unmöglich« sei, und wenn Du, um diese Meinung zu vertreten, nur vom »Standard«, an dem es in meiner Jugend mangelte, redest, dann finde ich das etwas bedenklich.

Mißverstehe mich nicht, liebes Kind! Ich bin nicht gegen Standard und Konsum. Viel von dem, was uns die Konsumgesellschaft beschert, kann ich sogar mehr schätzen als Du, denn wer jahrzehntelang Kohlen aus dem Keller in den dritten Stock geschleppt hat, ist weitaus begeisterter von einer Zentralheizung als der, der nicht einmal weiß, wie man einen Dauerbrandofen zum Glühen bringt. Und die Wohltaten, die einem eine Waschmaschine erweist, kann auch der am besten würdigen, der jahrzehntelang Wäsche in einem Waschtrog gerumpelt und gebürstet hat.

Jedesmal, wenn ich den Handmixer in den Germteig tauche, gedenke ich früherer Zeiten, in denen händisches Teigabschlagen selbstverständlich war, und freue mich wie ein Schneekönig. Aber wenn Du, wie am vergangenen Sonntag, erklärst, ohne Badezimmer sei das Leben einfach unmöglich, dann kann ich nur matt lächeln, liebe Enkeltochter!

Auch ohne Badewanne kann sich der Mensch reinigen. Ehrenwort!

Und außerdem, liebes Kind: Du kannst zwar, wenn Du magst, täglich dreimal in Deiner Badewanne baden, aber ich – seinerzeit – konnte im Donaukanal baden! Dieses, arme Enkeltochter, wirst Du wohl nie mehr können. Du bist auch mit Deinem Auto in einer Viertelstunde in dem Wald, zu dem ich vier Stunden hinwandern mußte. Aber wenn ich nach vier Stunden sehr müde dort ankam, konnte ich mich unter lauter gesunden Bäumen zur Rast setzen.

Du kannst auch in einen Flieger steigen und ganz schnell, ganz hoch in die Lüfte aufsteigen, aber eine wirklich gute Luft zum Atmen hast Du leider nirgendwo mehr.

Ich weiß, das ist nicht Deine Schuld. Ich weiß, Du kannst das auch nicht ändern. Doch Du solltest Dir einmal überlegen, ob da nicht vielleicht doch ein Zusammenhang besteht zwischen dem, was wir haben, und dem, was wir nicht mehr haben.

Deine gar nicht nostalgische

Oma

Liebe Tochter, lieber Sohn

Ich halte mich ja für eine höchst geduldige und gutmütige alte Person, aber trotzdem gehen mir Eure ständigen Belehrungen und Rügen, meine Nahrungsaufnahme betreffend, schwer auf die Nerven.

Ich weiß schon, Ihr meint es gut! Ich weiß schon, Ihr seid besorgt um mich! Aber dieses ständige und klagende »Mama, sei doch vernünftig«, das von Euch immer dann ertönt, wenn Ihr seht, was auf dem Herd in meinen Töpfen brodelt oder auf meinem Teller liegt, das geht mir entschieden zu weit.

Meine Briochekipferln und meine Honigsemmerln wollt Ihr mir abgewöhnen. Vollkornbrot und Knäckebrot soll ich mampfen, weil ich angeblich »Ballaststoffe« brauche! Mein geliebtes Grammelschmalz soll ich durch Margarine ersetzen. Wegen der »ungesättigten« Fettsäuren. Weil die angeblich viel gesünder sind und kein Blutfett erzeugen. Nicht einmal mein Sonntags-Backhendl wollt Ihr mir gönnen. Dünsten soll ich den Hendlhaxn!

Wenn's nach Euch ginge, sollte ich mir in der Früh statt Kaffee und Kipferl ein Müsli verordnen, statt der Topfenkolatsche ein Joghurt und statt dem geselchten Ripperl einen großen Teller voll Mischgemüse.

Ja, ja, liebe Kinder, sicher wäre das eine unheimlich gesunde Kost. Nur, liebe Kinder, mir schmeckt dieses gesunde Zeug einfach nicht, und von den vielen kleinen Freuden, die man so im Leben haben kann, bleibt einem, wenn man sehr alt geworden ist, meistens ohnehin nur mehr die kleine Freude am guten Essen. Und nicht einmal diese Freude kann man dann ungetrübt genießen, denn für eine Person zu kochen ist eine lausige Sache, weil viel von dem, was man gern essen würde, im Ein-Personen-Haushalt nicht zu erzeugen ist.

Vier Buchteln kann man nicht backen! Und zwei Wochen lang eine Rein Buchteln leeressen ist auch kein Vergnügen. Mit einem ordentlichen Schweinsbraten ist es das gleiche Malheur. Und Teig für zwei Marillenknödel zu machen ist ein Kochkunststück, zu dem ich wirklich keine Lust habe.

Kochen macht nur richtigen Spaß, wenn man für eine Menge Leute kochen kann, die alle gern und viel essen. Und essen macht auch nur richtigen Spaß, wenn man mit jemandem zusammen bei einem gedeckten Tisch sitzen kann. Mutterseelenallein vor seinem gefüllten Teller zu hocken ist nicht gerade der Gipfel allen Eß-Glücks. Aber wenn auf diesem Teller noch etwas liegt, was zwar »riesig gesund« ist, aber nicht gut schmeckt, dann ist das Essen eine absolut trübsinnige Angelegenheit.

Ja, ja, liebe Tochter, ich weiß: Deiner Ansicht nach ruiniere ich durch meine ungesunde Ernährung meine Gesundheit.

Ja, ja, lieber Sohn, ich weiß: Deiner Ansicht nach könnte ich hundert Jahre alt werden, wenn ich gesünder essen würde.

Mag sein, liebe Kinder! Doch wenn ich Euer gesundes Futter dreimal täglich zu mampfen hätte, sähe ich keinen Sinn darin, hundert Jahre alt zu werden. Dafür bittet um Vergebung

Eure hoffnungslos genußsüchtige

Mutter

Liebe Tochter

Gestern, als wir miteinander telefonierten, hast Du – so ganz nebenbei und ohne böse Absicht – sämtliche Frauen meiner Generation als »total unemanzipiert« abgeurteilt. Ich weiß schon, so direkt hast Du das nicht gesagt. Aber Du hast mir erzählt, daß Du eine »ganz tolle Alte« kennengelernt hast, die »irre emanzipiert« sei und deshalb – Deiner Ansicht nach – eine rare Ausnahme. Alt und verkalkt, wie ich nun einmal bin, habe ich ja bloß eine vage Vorstellung davon, was dieses Wort »Emanzipation« wirklich bedeuten soll, aber daß es mit Gleichberechtigung zu tun hat, soviel weiß ich schon. Und da muß ich Dir doch sagen, liebe Tochter, daß ich mein Lebtag lang um meine Gleichberechtigung sehr bemüht war.

Das war ich schon seinerzeit, als ich noch in die Schule ging. Ich hab' nämlich drauf schauen müssen, daß in meinen Schulzeugnissen lauter Einser waren. Sonst hätten mich meine Eltern keinen Beruf lernen lassen und mich in den Dienst geschickt. »Was braucht a Madl an Beruf, wenn s' eh einmal heirat«, war damals schließlich noch eine gängige Ansicht.

Ich habe meinen Beruf auch nicht aufgegeben, als ich verheiratet war und Kinder hatte. Ich muß allerdings zugeben, daß das gar kein freiwilliger »emanzipierter« Entschluß gewesen ist, denn im Krieg, da war ich dienstverpflichtet und hätte meine Arbeit in einem Rüstungsbetrieb gar nicht aufgeben dürfen. Und nach dem Krieg dann, als Dein Vater wieder da war, war sein Verdienst zu klein, um Euch Kinder halbwegs ordentlich durchzufüttern.

Dein Vater hat mir übrigens jeden Freitag, damals bekamen die Arbeiter wöchentlich ihren Lohn, sein Geld auf Heller und Pfennig ausgehändigt, und ich habe ihm täglich sein Taschengeld zugeteilt. In Geldsachen war der gute Mann nämlich total unmöglich und hat das auch, gottlob, eingesehen. »Mach nur«, hat er immer zu mir gesagt, »du kannst das weitaus besser!« Das hat er auch gesagt, wenn es um Eure Erziehung gegangen ist. Die hat er mir auch völlig überlassen. Kurz und gut: Ich hab' das Regiment geführt! Dein lieber Vater hat mich schalten und walten lassen, wie ich nur wollte. Ich war in meiner Ehe nicht unterdrückt, ganz im Gegenteil, ich habe immer – wie man so sagt – die Hosen angehabt.

Ganz im Vertrauen: Ich habe sie gar nicht so gern angehabt, denn viele Rechte haben heißt auch, viele Pflichten haben und sich ihnen manchmal nicht recht gewachsen fühlen. Oft habe ich mir von ganzem Herzen gewünscht, ein liebes, hilfloses Dummerl zu sein, das zu seinem Ehemann aufblicken kann und gesagt bekommt, was es zu tun habe. Aber damit war nichts!

Mag sein, daß das alles nichts mit »Emanzipation« zu tun hat. Aber andererseits, liebe Tochter, könnte es auch sein, daß Du in Deiner eigenen Familie eine »ganz tolle Alte« entdecken würdest, so Du Dir die Mühe machtest, Dir von mir ein bißchen aus meinem Leben erzählen zu lassen.

Deine unemanzipierte

Mutter

Liebe Kinder und Schwiegerkinder

Es ist ja sehr lieb von Euch, daß Ihr Euch hin und wieder tatkräftig meiner Probleme annehmt, auch wenn Ihr dabei manchmal etwas über das Ziel hinausschießt und mir Wohltaten gewährt, nach denen ich mich wahrlich nicht gesehnt habe.

Um ganz ehrlich zu sein: Ich hätte die paar Jahre, die mir noch bleiben, seelenruhig in einer Wohnung mit uralten Tapeten verbringen können. Und wenn ich mich schon freiwillig zu neuen Tapeten entschlossen hätte, hätte ich mir lieber welche mit einem kleinen Blümchenmuster ausgesucht und nicht diese orangegelb gefleckten Dinger, die Ihr mir ins Haus gebracht habt, weil Ihr sie bei einer Geschäftsauflösung so preiswert erstanden habt.

Doch das ist nicht das Problem! Ich sehe ja ohnehin sehr schlecht. Also wird es mir kaum Mühe machen, auch diese Horrortapeten großzügig zu übersehen. Daß Ihr nun aber sogar bestimmen wollt, welche meiner Möbelstücke »nötig« sind und welche »unnötig«, geht meiner Meinung nach etwas zu weit!

Ihr könnt nicht einfach in meinem Schlafzimmer herumstehen und mir erklären, daß drei Kästen für eine alte Frau zuviel seien und ich leicht mit einem Kasten mein Auslangen finden könnte, wenn ich bloß all das »alte Graffel, das sowieso keiner mehr brauchen kann«, wegwerfen würde. Und Ihr habt sogar gleich die Telefonnummer eines Entrümpelungsdienstes parat, der mein »Graffel« kostenlos abholen würde!

»Viel heller tät das Zimmer wirken, wenn die scheußlichen Kästen nicht wären«, sagst Du, liebe Tochter.

»Und die neuen Tapeten täten besser zur Geltung kommen«, sagst Du, liebe Schwiegertochter. Und dann kramt Ihr in seltener Einigkeit in meinen Kästen herum und schüttelt die Köpfe über all das unmögliche Zeug, das »die Alte« da gehortet hat.

Wozu braucht eine Frau, die nicht mehr strickt, drei Körbe voll Wollresteln, fragt Ihr Euch. Wozu braucht sie alte Kleider, in die sie längst nicht mehr hineinpaßt, und uralte Stöckelschuhe, mit denen sie nicht mehr gehen kann? Und einen Karton voll Schlüssel, zu denen es gar keine Schlösser mehr gibt! Und drei Schachteln mit Postkarten, von Menschen geschrieben, die längst tot sind!

Ich kann Euch leider nicht erklären, warum ich diese Dinge aufbewahre. Ich weiß es selbst nicht genau. Aber ich weiß, daß ich an all dem alten Krempel und Graffel hänge. Und das habt Ihr zu respektieren. Ich bin kein kleines Kind, dem man die Spielzeugkiste ausmisten kann.

Es wird nicht mehr allzulange dauern, dann könnt Ihr endgültig den Entrümpelungsdienst anrufen. Bis dahin aber laßt mich und mein »altes Graffel« in Ruhe.

Eure Mutter und Schwiegermutter

Liebe Schwiegertochter

Zwischen Dir und mir ist nicht alles so, wie es sein sollte. Wobei ich gar nicht weiß, wie es zwischen Schwiegermutter und Schwiegertochter sein sollte, denn man kann ja nicht erwarten, daß zwei Frauen einander mögen, bloß weil sie den selben Mann lieben.

Wäre da nicht dieser Kerl, der Dein Mann und mein Sohn ist, hätten wir beide sicher unser Lebtag nie den Drang verspürt, zueinander mehr als höflich »Guten Tag« zu sagen. Da wir beide diesen Kerl aber lieben und wollen, daß es ihm gutgeht, versuchen wir nun schon seit fast zwei Jahrzehnten, manierlich miteinander auszukommen. Deine Anstrengungen in dieser Hinsicht sind mir nicht näher bekannt, aber ich nehme an, sie waren ebenso mühsam wie die meinen.

Was mich betrifft, kann ich sagen, daß ich stets versucht habe, es Dir »recht« zu machen. Ich habe – obwohl mir das schwergefallen ist – nie etwas gegen Deine Erziehungsmethoden gesagt, ich habe mir die dummen Ansichten Deiner Eltern widerspruchslos angehört, und ich habe mich nie in Deine Ehe gemischt, obwohl ich reichlich dazu Gelegenheit gehabt hätte, weil mir mein Sohn gern sein Herz ausschüttet. Mein Kommentar war immer: »Einer allein, mein Sohn, hat nie die Schuld.«

Nun ist mir aber zu Ohren gekommen, daß Du mich für Deine Eheprobleme verantwortlich machst und meinst, ich trage die Schuld daran, daß Dein Ehemann sehr anders ist, als Du ihn haben willst.

»So ist er eben von seiner Mutter erzogen worden!« sagst Du angeblich, wenn Du Dich über ihn ärgerst. Du meinst, ich habe meinen Sohn zu einem »Pascha« erzogen, weil er nicht gelernt hat, Socken zu waschen und Hemden zu bügeln und Gulasch zu kochen. Ich habe ihn zu sehr verwöhnt, sagst Du. Ich habe ihm beigebracht, daß Frauen so zu sein haben wie seine Mutter. Und nun hast Du Probleme mit ihm, weil Du ganz anders bist als seine Mutter.

Vielleicht hast Du recht, und ich habe bei der Erziehung meines Sohnes wirklich zu wenig Rücksicht auf die Interessen meiner zukünftigen Schwiegertochter genommen. Du siehst, ich bin einsichtig. Ich bin sogar so einsichtig, daß ich einen guten Rat für Dich habe: Triff Dich doch regelmäßig mit dem blonden Fräulein, welches Dein Sohn stets auf dem Moped mit sich herumführt, und erkundige Dich bei ihr nach der Art von Ehemann, der ihr genehm wäre. Dein Sohn ist noch jung. Du kannst ihn garantiert noch nach den Wünschen der jungen Dame umerziehen.

So, wie er jetzt ist, ähnelt er nämlich fatal seinem Vater, und Du wirst Dir schwerlich mit ihm späteres Lob einer sehr emanzipierten Schwiegertochter einhandeln.

Deine (reuigzerknirschte) Schwiegermutter

Liebe Nachkommen

Ich danke Euch recht schön für das große Fest, das Ihr zu meinem 75. Geburtstag ausgerichtet habt. Es tat gut, Euch alle wieder einmal um mich zu haben.

Ich weiß es auch zu würdigen, daß Du, liebe Schwiegertochter, an diesem Abend – mir zuliebe – keine einzige böse Bemerkung über Deinen Ehemann gemacht hast.

Ich rechne es Dir, lieber Schwiegersohn, hoch an, daß Du – zur Feier des Ehrentages – kein Sterbenswort über die schönen Seniorenheime verloren hast, in denen sich alte Frauen so pudelwohl fühlen.

Und ich bin ehrlich darüber gerührt, daß sämtliche meiner Enkel mir das Opfer gebracht haben, vier Stunden lang ohne Walkman über den Ohren auszukommen.

Und Eure Geschenke haben mich geradezu überwältigt! Kinder, Kinder! Gleich drei Paar Pantoffeln der Luxusklasse, aus Leder, aus Seide und aus Samt. Ihr verwöhnt mich zuviel!

Dumm ist bloß, daß meine alten, kranken Füße auch daheim der orthopädischen Schuhe bedürfen. Ist Euch dieser Umstand entgangen? Das freut mich! Ich mache mir nämlich immer Sorgen, daß ich Euch mit meinem ewigen Gejammer über meine Wehwehchen auf die Nerven fallen könnte.

Sehr schön ist auch die elegante Kaffeemaschine für 24 Personen, liebe Schwiegertochter.

Nur, wenn ich nicht gerade meinen 75. Geburtstag begehe, trinke ich üblicherweise allein mit mir Kaffee und gieße zu diesem Zweck ein achtel Liter Wasser über eine Portion »Löslichen«.

Aber vielleicht erlebe ich noch meinen 80., und dann können wir das elegante Stück ja einweihen!

Den dicken Roman, liebe Tochter, den Du mir ins Geschenkpapier gewickelt hast, den habe ich zwar bereits in meinem Bücherkasten stehen, denn verkalkt, wie ich bin, vergesse ich jedes Jahr zum vorgeschriebenen Termin meine Mitgliedschaft bei der Buchgemeinschaft aufzukündigen, und bekomme daher – genau wie Du – den »Pflichtband« zugesandt. Leider kann ich das Exemplar, das Du mir verehrt hast, aber genauso schlecht lesen wie mein eigenes, weil ich so kleine Buchstaben nicht mehr ausnehmen kann.

Die Schallplatte mit den Dienstmädchenliedern werde ich mir an die Wand hängen. Nein, nein, taub bin ich noch nicht! Mein Plattenspieler ist kaputt. Seit vier Jahren. Das müßtest Du, lieber Sohn, eigentlich wissen, denn Du versprichst mir ja jedes Jahr vor Weihnachten, ihn zu reparieren, damit ich, während Ihr in Mallorca Weihnachten feiert, ›Stille Nacht‹ hören kann.

Für den Fall, daß ich meinen 76. noch erlebe, hätte ich einen heißen Tip: ein Schultertuch. Ich friere nämlich etwas. Auch wenn es warm ist.

Eure Mutter

Liebe Tochter

Ich bin eine alte, verkalkte Frau, die nicht mehr viel vom Leben versteht, also auch keine Ahnung hat, wie man junge Menschen behandeln muß.

Erstaunlicherweise habe ich aber trotz fortschreitender Verkalkung ein gutes Erinnerungsvermögen an längst vergangene Zeiten.

An die Zeit, als Du, liebe Tochter, so alt warst, wie Deine Tochter gerade ist, erinnere ich mich besonders gut. Vielleicht, weil das keine sehr leichte Zeit gewesen ist. Und weil ich mich an diese Zeit so gut erinnere, mache ich mir Sorgen um Dich, liebe Tochter.

Wenn ich Dir zuhöre, wie Du über Deine Tochter klagst, über ihre Schlamperei, ihre Verschwendungssucht, ihre Unstetigkeit in Liebesangelegenheiten und ihre Lieblosigkeit Dir gegenüber, kann ich nur verwirrt staunen und mich beklommen fragen, ob Du, liebes Kind, mit Deinen lächerlichen achtundvierzig Jahren nicht bereits wesentlich verkalkter bist als deine mittlerweile fünfundsiebzigjährige Mutter.

Warum bloß erregst Du Dich so sehr und tagtäglich über meine Enkeltochter?

Erfreue Dich doch lieber an diesem hübschen jungen Fräulein und sage Dir stolz, daß aus diesem heute so schlampigen, lieblosen, faulen und wankelmütigen Ding in einem Vierteljahrhundert mit Sicherheit eine herrliche Frau ohne jeden Fehl und Tadel werden wird. Woher ich das wissen will? Ganz einfach, liebe Tochter! Als Du zwanzig Jahre alt warst, warst Du genauso wie Deine Tochter. Kein bißchen arbeitsamer, kein bißchen ordentlicher, kein bißchen liebevoller zu Deiner Mutter. Und was Du mit jungen Männern aufgeführt hast, ach Kind, hoffentlich hast Du wenigstens nicht darauf komplett vergessen.

Denn, glaube mir, schöne Erinnerungen sind letzten Endes das einzige am Leben, was einem wirklich und wahrhaftig bleibt.

Übrigens habe ich heute, beim Kramen in uralten Sachen, drei blaue Hefte gefunden. Du hast diese Hefte vor vielen, vielen Jahren als Tagebücher benutzt.

Verzeih mir, daß ich ein bißchen in diesen alten Heften gelesen habe und dabei erfahren habe, daß Du damals sehr, sehr unglücklich gewesen bist, weil Dich Deine Mutter überhaupt nicht verstanden hat und nichts als ein alter, stets keifender Drachen gewesen ist.

Soll ich Dir diese drei blauen Hefte überreichen, wenn Du am nächsten Sonntag zu mir kommst?

Oder soll ich sie lieber Deiner Tochter geben?

Ich bin, wie gesagt, eine alte, verkalkte Frau und kann nicht entscheiden, wem von Euch beiden diese Lektüre mehr nützen könnte.

In abgeklärter Liebe und Zuneigung

Deine Mutter

Liebe Enkelkinder

Ihr belächelt so gern meine Neigung, im Fernsehen nur harmlose, lustige und gar nicht »spannende« Filme anzuschauen und gleich abzuschalten, wenn es in einem Film grauslich und brutal zugeht.

»Unsere Oma«, sagt Ihr oft lachend, »hat unheimlich schwache Nerven!«

Jawohl, liebe Enkelkinder, »schwache Nerven« habe ich anscheinend wirklich. Aber glaubt mir, das war nicht immer so. Früher, gleich nach dem Krieg, als die vielen Western- und Gangsterfilme aus Amerika zu uns gekommen sind, da bin ich mit Eurem Großvater jeden Dienstag und jeden Freitag ins Kino marschiert, und kein Film hat mir spannend genug sein können. Ganz versessen war ich auf Colt-Duelle und Kinnhaken-Prügeleien und Panzerschrank-Knackereien! Von einem Film, in dem es nur eine Leiche gegeben hat, war ich fast enttäuscht!

Daß ich mich nicht mehr »aufregen« kann, ist erst so schön langsam – Jahr für Jahr immer ein bißchen mehr – gekommen. Und nun kann ich überhaupt nicht mehr hinschauen und hinhören, wenn auf dem Bildschirm geballert und geboxt wird, wenn Autos kreischend hintereinander herjagen und Mörder mit langen Messern in dunklen Tornischen lauern.

Da bekomme ich Herzflimmern und Pulsflattern und kann hinterher nicht einschlafen und liege bis nach Mitternacht wach und muß dauernd an diese Grausamkeiten denken und mir immer wieder, zur Beruhigung, vorsagen: Es war ja nur ein blöder Film, es war ja nicht Wirklichkeit!

Warum der Mensch im Alter so »schwache Nerven« bekommt, weiß ich wirklich nicht. Ich weiß nur, daß ich da keine Ausnahme bin, daß es den meisten alten

Leuten so ergeht wie mir. Alle, mit denen ich darüber rede, wünschen sich im Fernsehen freundliche, friedliche und lustige Filme. Filme, wo man sich sagen kann: Das Leben kann auch schön sein und gut und gerecht und harmonisch!

Wenn ich mir die Sache genauer überlege, dann komme ich eigentlich zur Ansicht, daß die »schwachen Nerven« von uns alten Leuten ganz »normale« menschliche Nerven sein könnten. Viel normalere Nerven als die »starken Nerven« von Euch Jungen. Was menschlich ist, ist normal. Was unmenschlich ist, ist abnormal!

Ist es menschlich, zuzuschauen, wie andere Menschen geschlagen und erschossen werden, verfolgt und gequält? Ist es nicht unmenschlich, Salzstangerln zu essen und Bier zu trinken und dabei »gespannt« zuzuschauen, wie ein Mann, der auf allen vieren herumkriecht, von irgendeinem Stiefel noch einen Tritt bekommt? Ist es normal und menschlich, daß Euch das unterhält? Das fragt sich

Eure Oma

Werter Nachwuchs

»Jedem ist halt die eigene Haut am nächsten«, sagt der alte Swoboda immer und meint, damit alle Ungerechtigkeit und Unmenschlichkeit auf Erden erklären zu können.

Gerade habe ich wieder einmal auf dem Gang eine Debatte mit ihm gehabt. Zuerst waren wir uns ja sehr einig und haben darüber geschimpft, daß wir »Alten« von der Gesellschaft vergessen werden und daß sich niemand viel um unsere Nöte und Sorgen schert.

Und da hat der Swoboda wieder seine ewige »eigene Haut« ins Treffen geführt.

»Die Jungen schaun doch nur drauf, daß es ihnen selber gutgeht«, sagt er zu mir. »Daß es uns Alten dreckig geht, merken die nicht. Ist ja nicht ihr Bier!« Da kann ich dem Swoboda nicht recht geben! Nämlich gerade dann, wenn jedem Menschen die eigene Haut am nächsten ist, müßten sich doch die »Jungen« mit aller Kraft und Macht um die Probleme der »Alten« kümmern. Die »eigene Haut«, auch wenn sie im Moment rosig und jugendlich ist, wird ja, unter Garantie, einmal faltig und alt!

Wenn ein Arbeiter zu den Problemen der Bauern sagt: »Ist nicht mein Bier!«, ist das zwar nicht schön von ihm, aber aus egoistischer Sicht wenigstens erklärbar. Aus dem Arbeiter wird ja sein Lebtag lang kein Bauer werden. Und wenn einem Mann Frauenprobleme »wurscht« sind, ist er zwar ein großer Depp, aber er schadet sich mit dieser Einstellung nicht, weil er nicht zu einer Frau werden wird und die Sorgen und Nöte von Frauen nie am eigenen Leib erfahren wird.

Aber jeder »Junge« wird einmal ein »Alter« sein! Und jeder »Junge«, der sich der Probleme der »Alten« annimmt und mithilft, ihnen das Leben leichter und lebenswerter zu machen, tut doch etwas für sich selber, weil er damit auch seine eigene Zukunft leichter und lebenswerter macht.

Wollt Ihr, werter Nachwuchs, einen schönen Lebensabend haben, dann müßt Ihr Euch jetzt darum kümmern! Wenn Ihr erst einmal alt seid, wird es zu spät sein, dann werdet Ihr genauso machtlos dasitzen wie wir jetzt. Dann könnt Ihr Euch nichts mehr »erkämpfen« und müßt darauf warten, was für Euch »abfällt«, was man Euch freiwillig und gnadenhalber zugesteht; und glaubt mir, viel ist das nicht.

Verdrängt nicht dauernd die Gedanken an das Altwerden! Sagt nicht lachend: »Ach, ich werd' eh nicht achtzig!« Setzt Euch lieber hin und überlegt Euch, wie Euer Leben sein sollte, wenn Ihr trotzdem achtzig Jahre alt werdet.

Und was Ihr Euch für diesen Fall wünscht, das gesteht uns zu. Tut etwas für Euch, indem Ihr etwas für uns tut, meint Eure

Oma

Werter Nachwuchs

Was man hat, schätzt man nicht allzu hoch. Da bin ich keine Ausnahme. Wenn ich auch oft mit Euch sehr unzufrieden bin, so bin ich mir doch sehr sicher, daß Ihr mich liebhabt. Manchmal drückt sich Eure Liebe zu mir zwar nicht so aus, wie ich mir das wünschen würde, aber daß ich Euch allen nicht gleichgültig bin, dessen bin ich mir gewiß. Daher werde ich auch, wenn Ihr am Sonntag mit Blumen, Torte, Bonbons und – ich bitt' um Vergebung! – einer Menge anderer unnötiger Geschenke bei mir ankommen werdet, nicht sehr gerührt und beglückt dreinschauen. Ist halt Muttertag, werde ich mir sagen und die Blumen ins Fenster stellen, die Bonbons dem Hausmeisterbuben schenken und die Torte an Euch verfüttern. Vielleicht werde ich mir sogar denken: Schad' um das rausgeschmissene Geld! So ein Holler! Was brauche ich einen Ehrentag? Ich bin ja kein General, der eine Schlacht gewonnen hat!

Aber trotzdem, werter Nachwuchs, weiß ich doch ganz genau, daß ich höchstwahrscheinlich recht deprimiert wäre, wenn Ihr am Muttertag nicht bei mir eintrudeln würdet. Ich sehe das ja an den alten Frauen, die keinen Muttertagsbesuch bekommen. Die alte Janda, zum Beispiel, die kann nicht einmal zugeben, daß sich ihre Töchter am Muttertag nicht um sie scheren.

»Meine Fini ist gerade im Ausland«, erklärt sie mir jedes Jahr, »und die Hanni hat die Grippe!« Einen Schmarrn ist die Fini im Ausland! Und die Hanni wird auch nicht jedes Jahr, Mitte Mai, die Grippe haben. In Wirklichkeit halten die Fini und die Hanni nichts vom Muttertag. Der sei, behaupten sie, nur eine verkitschte Angelegenheit. Und bei so was spielen sie nicht mit.

Es ist natürlich das gute Recht der beiden, so zu

denken. Und sie können ja auch ihren Kindern beibringen, Muttertagsgeschenke und Muttertagsfeierlichkeiten sein zu lassen. Aber wenn die alte Janda gern einen Muttertag hätte, dann sollten sie ihr einen machen. Die Janda hat schließlich auch nichts davon gehalten, daß die Fini ein neues Auto braucht und die Hanni ein neues Schlafzimmer. Und trotzdem hat sie der Fini von ihrem Ersparten Geld für das Auto und der Hanni Geld für das Schlafzimmer gegeben.

»Wenn s' eine Freud' damit haben«, hat sie zu mir gesagt, »dann soll's mir recht sein!« Ich meine: Wenn die Janda »eine Freud« mit dem Muttertag hat, dann sollte es auch der Fini und der Hanni »recht sein«. Wenn man jemanden liebhat, soll man, so gut man kann, seine Wünsche erfüllen; auch wenn sie mit den eigenen Ansichten nicht gerade konform gehen. Tät' den zwei blöden Blunzen doch kein Stein aus der Krone fallen, wenn sie mit einem Sträußerl Vergißmeinnicht anmarschieren würden, meint Eure ansonsten nicht muttertagssüchtige

Oma

Liebe Tochter

Gestern, als Du auf Deinem üblichen »Sprung« bei mir warst, ist die Frau Pribil herübergekommen. Angeblich, weil sie sich das Fernsehprogramm hat ausborgen wollen. Was natürlich eine Ausrede gewesen ist! Sie will nur ein bisserl »Ansprach« und traut sich nicht, ganz »ohne Grund« an meiner Tür zu klingeln. Und dann hat sie sich, wie sie das immer tut, bloß auf die Sesselkante gesetzt (»Weil i eh glei wieder renn«) und hat Dir von ihrem verstorbenen Ehemann erzählt, und Du, liebe Tochter, hast nur mit Müh und Not das Kopfschütteln unterdrücken können.

Ja, ja, fünfzig Jahre lang hat die Pribil, wenn sie für ihr bißl »Ansprach« auf der Sesselkante bei mir Platz genommen hat, nur auf ihren Ehemann geschimpft! Daß er stur sei und kleinlich, hat sie immer gesagt. Und daß er sie schikaniert, wo er nur kann. Und nichts macht sie ihm recht! Und geizig ist er auch!

Jetzt ist der Pribil seit zwei Jahren tot, und wenn die Pribil von ihm redet, könnte man meinen, er sei der liebenswerteste Mensch auf Gottes Erde gewesen. Sanft und gescheit, witzig und so hilfsbereit, liebevoll und gütig!

»Was lügt denn die Alte da zusammen?« hast Du mir zugeflüstert, bevor Du weggegangen bist.

Was heißt da lügen? Sei doch nicht gar so streng, liebe Tochter! Ich sehe das so: Der Pribil war, so wie die meisten Menschen, weder ein Engel noch ein Teufel. Viele gute und viele schlechte Eigenschaften hat er gehabt. Am Montag hat er die Pribil schikaniert, am Dienstag war er liebevoll zu ihr, am Mittwoch hat sie ihm nichts recht machen können, und am Donnerstag war er ein gütiger Ehemann. Am Freitag hat er sich von seiner geizigen Seite gezeigt, und am Samstag war er hilfsbereit, und am Sonntag war er stur. Manchmal war er auch eine ganze Woche stur. Oder eine ganze Woche liebevoll.

Fünfzig Jahre lang hat die Pribil die guten Tage und die guten Wochen halt wie eine Selbstverständlichkeit hingenommen und nur die bösen Tage und bösen Wochen der Rede wert gefunden. Das ist ja nicht weiter verwunderlich. Wenn man unter etwas zu leiden hat, dann schüttet man eben gern sein Herz aus. Aber jetzt hat die Pribil unter dem Pribil ja nicht mehr zu leiden. Jetzt leidet sie darunter, daß es keine guten Tage und guten Wochen mehr mit ihm gibt. Seinem Grant, seiner Sturheit, seinem Geiz, seiner Schikaniererei und seiner Kleinlichkeit trauert sie ja nicht nach! Warum sollte sie also jetzt noch davon erzählen?

Ich finde, liebe Tochter, die Pribil bemüht sich nur um Gerechtigkeit für den Pribil. Fünfzig Jahre hat sie über ihn geschimpft. Fünfzig Jahre, um ihn zu loben, bleiben ihr nicht mehr. Also muß sie halt ein bißl übertreiben, zum Ausgleich, meint

Deine Mutter

Werter Nachwuchs

Gestern war ich beim Arzt. Blutdruckmessen. Und auf dem Weg dorthin hatte ich ein Erlebnis, das ich Euch nicht vorenthalten will. Es war wirklich zu komisch!

Also, ich humple da so dahin, recht langsam, und bleibe an der Kreuzung bei der Hauptstraße stehen, um zu »verschnaufen«. Die Fußgängerampel schaltet auf Grün, aber ich bleibe weiter stehen, weil ich noch etwas außer Atem bin. Die Fußgängerampel schaltet auf Rot und dann wieder auf Grün. Nun habe ich zwar ausreichend »verschnauft«, aber eine dicke Wolke, die vor der Sonne stand, ist weitergezogen, und helles warmes Sonnenlicht fällt auf mich. Mich freut das! Ich war nämlich schon etliche Tage nicht mehr auf der Gasse, und Ihr wißt ja, wie ich Sonnenschein über alles liebe.

Ich bleibe also an der Straßenecke stehen – ich habe ja Zeit genug –, schließe die Augen und halte mein Gesicht den wärmenden, herrlichen Sonnenstrahlen entgegen. Da packt mich jemand an der rechten Seite resolut am Arm, ich erschrecke dermaßen, daß ich fast die Handtasche und den Krückstock fallen lasse, der Jemand brüllt mir ins rechte Ohr: »Komm, Mutterl, gemma!« und zieht mich im Schnellzugtempo, so, daß mein armer, kranker Fuß kaum mitkommt, über die Straße. Und während dieser Jemand, ein dickleibiger Herr in den besten Jahren, so mit mir verfährt, sagt er leutselig und freundlich: »Ja, ja, Mutterl, gleich bist drüben. Mußt keine Angst haben, ich pass' schon auf dich auf, Mutterl!«

Dann, auf der anderen Straßenseite angekommen, stellt mich dieser Jemand ab, strahlt mich selbstzufrieden an und wartet, ganz so, als habe er mich aus unerhörter Todesgefahr gerettet, auf meine Dankesbezeigungen. Worauf ich zu ihm sage: »Du, du mein liebes Buberl, wenn du das noch einmal tust, dann bekommst du vom Mutterl eine saftige Watschen!«

Sehr freundlich und sehr leutselig habe ich das gesagt, aber der dickleibige Herr in den besten Jahren ist dagestanden, als habe ihn der Kugelblitz getroffen. Glotzäugig und mauloffen. Schließlich hat er sich umgedreht und ist davongegangen. Laut habe ich ihn schimpfen gehört: »So sind sie, die alten Weiber! Kommt nicht in Frage, daß ich noch einmal so einer alten Schreckschrauben helfe. Dank hat man eh keinen!«

Na, werter Nachwuchs, ist das nicht wirklich komisch? Der Kerl ist, ohne zu zögern, per Du mit mir und nennt mich »Mutterl«, aber wenn ich, ohne zu zögern, per Du mit ihm bin und ihn ganz einfach »Buberl« nenne, dann wird er bös und nimmt übel und regt sich auf.

Warum nur? Warum? Das fragt sich wirklich

Euer »Mutterl«

Großmutter werden ist nicht schwer (außer, wenn sich die Jungen zu viel Zeit lassen), Großmutter sein ...
Die Freuden und Leiden des großmütterlichen Daseins beleuchtet Christine Nöstlinger gewohnt scharfsinnig und augenzwinkernd in diesem lexikalischen „Ratgeber".

Eine erfrischende Lektüre für werdende und aktive Großmütter!

Christine Nöstlinger
ABC für Großmütter
ISBN 3-85191-165-2
DM 27,- / sfr. 25,- / öS 198,-

DachsVerlag

Christine Nöstlinger im dtv

»Der Mensch soll sich nicht allzu ernst nehmen und über
sich selbst lachen können!«

**Haushaltsschnecken
leben länger**
Mit Illustrationen von
Christiana Nöstlinger
dtv 20226

Das kleine Frau
Mein Tagebuch
dtv 11452

**Manchmal möchte ich
ein Single sein**
Mit Illustrationen von
Christiana Nöstlinger
dtv 20231

Streifenpullis stapelweise
Mit Illustrationen von
Christiana Nöstlinger
dtv 11750

Salut für Mama
Mit Illustrationen von
Christiana Nöstlinger
dtv 11860

**Mit zwei linken
Kochlöffeln**
Ein kleiner Kochlehrgang
für Küchenmuffel
Mit Illustrationen von
Christiana Nöstlinger
dtv 12007

**Management
by Mama**
Mit Illustrationen von
Christiana Nöstlinger
dtv 20112

Mama mia!
Mit Illustrationen von
Christiana Nöstlinger
dtv 20132

Werter Nachwuchs
Die nie geschriebenen
Briefe der Emma K., 75
dtv 20049 und
dtv großdruck 25076

**Liebe Tochter,
werter Sohn!**
Die nie geschriebenen
Briefe der Emma K., 75
Zweiter Teil
dtv 20221 und
dtv großdruck 25136

*Bei dtv junior sind
zahlreiche Kinder- und
Jugendbücher von
Christine Nöstlinger
lieferbar.*

Amei-Angelika Müller im dtv

»Pfarrer sind auch Menschen.«

Pfarrers Kinder, Müllers Vieh
Memoiren einer unvollkommenen Pfarrfrau
dtv 20219 und dtv großdruck 25011

Sie ist ein Morgenmuffel, Kochen ist nicht ihre Stärke, und auch sonst entspricht sie nicht dem Ideal einer Pfarrfrau. Sie wollte auch alles andere werden, nur das nicht. Doch sie lernte einen Theologiestudenten kennen – und lieben.

Ich und du, Müllers Kuh
Die unvollkommene Pfarrfrau in der Stadt
dtv 20116

Sieben auf einen Streich
dtv großdruck 25143

Eine herzerfrischend fröhliche, witzige und humorvolle Familiengeschichte.

Veilchen im Winter
Roman · dtv 11309

Was macht eine junge Frau, die sich von ihrem skibegeisterten Ehemann zum gemeinsamen Winterurlaub überreden lässt, obwohl sie selbst völlig unsportlich ist und den Winter zutiefst verabscheut?

Und nach der Andacht Mohrenküsse
dtv großdruck 25096

Eine Kindheit an der deutsch-polnischen Grenze.

Ach Gott, wenn das die Tante wüßte
Studentenzeit und erste Liebe der
»unvollkommenen« Pfarrfrau
dtv 20186

Isabella Nadolny im dtv

»Isabella Nadolny ist eine Moralistin der Lebensweisheit,
eine Herzdame der Literatur.«
Albert von Schirnding

Ein Baum wächst übers Dach
Roman · dtv 1531

Ein Sommerhaus an einem der oberbayrischen Seen zu
besitzen – dieser Traum wurde für die Familie der jungen
Isabella in den dreißiger Jahren wahr. Wer hätte damals gedacht, daß dieses kleine Holzhäuschen eines Tages eine
schicksalhafte Rolle im Leben seiner Besitzer spielen würde?

Seehamer Tagebuch
dtv großdruck 2580

Providence und zurück
Roman · dtv 11392

»Zuhause ist kein Ort, zuhause ist ein Mensch, sagt der
Spruch, und es ist wahr. Hier in diesem Sommerhaus war
kein Zuhause mehr seit Michaels Tod ...« In ihrer Verzweif-
lung folgt Isabella Nadolny einer Einladung in die Staaten.
Von New York über Boston bis Florida führt sie diese Reise
zurück zu sich selbst.

Vergangen wie ein Rauch
Geschichte einer Familie
dtv großdruck 25167

Als einfacher Handwerker aus dem Rheinland ist er einst zu
Fuß nach Rußland gewandert und hat es dort zum
Tuchfabrikanten gebracht, in dessen Haus Großfürsten,
Handelsherren und der deutsche Kaiser zu Gast waren:
Napoleon Peltzer, der Urgroßvater des Kindes, das
ahnungslos die Porträts und Fotografien betrachtet, die in
der Wohnung in München hängen.

dtv im Internet: www.dtv.de

Erika Pluhar im dtv

»Ich werde aus dem, was unwissend, unvorbereitet, haltlos
und rücksichtslos gelebt wurde, Geschichten machen.«
Erika Pluhar

Marisa
Rückblenden auf eine Freundschaft
dtv 20061

Zwei Schülerinnen des Max-Reinhardt-Seminars: schön,
begabt und faul die eine, die bald schon als Filmstar Marisa
Mell in Hollywood aufstrahlen (und verlöschen) wird;
pflichtbewußt und scharf beobachtend die andere, Erika
Pluhar, der eine Karriere am Wiener Burgtheater bevorsteht. Die liebevolle, nachdenkliche, »wahre« Geschichte
von zwei ungleichen Freundinnen – zwei Leben, die scheinbar ähnlich begannen und schockierend andere Wendungen
genommen haben.

Als gehörte eins zum andern
Eine Geschichte
dtv 20174

Sie ist Schauspielerin in den besten Jahren, innerlich ist
sie völlig ausgebrannt – als sie *ihn* kennenlernt. Der wach-
senden Intensität ihrer Beziehung wohnt auch schon die
künftige Trennung inne. Die Geschichte einer intensiven
und zerbrechlichen Liebe, über Freiheit und Nähe, über das
Reifen einer Frau und die Kraft starker Gefühle.

Am Ende des Gartens
Erinnerungen an eine Jugend
dtv 20236

Erika Pluhar erzählt von ihren Kriegserlebnissen in Wien,
von einer Gegenwelt voller Zauber in einem österreichi-
schen Dorf, vom Leiden der Heranwachsenden, den ersten
Erfolgen am Burgtheater, von ihrer großen Liebe und ihrer
ersten Ehe – und rekonstruiert so Stück für Stück die
Geschichte einer sich selbst bewußt werdenden Frau.

Lillian Beckwith im dtv

»Wenn eine unerschrockene Britin sich in die Hebriden verliebt, kann sie bücherweise davon berichten. Wie Lillian Beckwith, die damit der urigen Inselwelt ein herrliches Denkmal setzt.«
Hörzu

In der Einsamkeit der Hügel
Roman · dtv 25148

Eigentlich wollte »Becky« sich auf einer Farm in Kent erholen. Doch in letzter Minute kommt ein Brief von den Hebriden, der schon durch seine sprachliche Eigenart das Interesse der Lehrerin weckt. Aus der Erholungsreise wird ein Aufenthalt von vielen Jahren auf der »unglaublichen Insel«.

»Nur wer die Landschaft und die Bewohner der Inseln so intensiv kennen gelernt hat, kann ein solches Buch schreiben. Die Marotten der Bewohner, deren Gastfreundlichkeit werden so liebevoll geschildert, dass es ein reines Lesevergnügen ist, ihren Wegen zu folgen.« (Hannoversche Allgemeine Zeitung)

Die See zum Frühstück
Roman · dtv 8460

Ein frischer Wind vom Meer
Roman · dtv 25140

Auf den Inseln auch anders
Roman · dtv 25159

Der Lachs im Pullover
Roman · dtv 25135

Alle Romane wurden ins Deutsche übertragen von Isabella Nadolny.

Marlen Haushofer im dtv

»Was das Werk der Österreicherin prägt und es so
faszinierend macht, ist bei all seiner Klarheit sanfte
Güte und menschliche Nachsicht für die ganz
alltäglichen Dämonen in uns allen.«
Juliane Sattler in der ›Hessischen Allgemeinen‹

**Die Frau mit den
interessanten Träumen**
Erzählungen · dtv 11206

**Wir töten Stella und
andere Erzählungen**
dtv 11293
»Marlen Haushofer
schreibt über die abge-
schatteten Seiten unseres
Ichs, aber sie tut es ohne
Anklage, Schadenfreude
und Moralisierung.«
(Hessische Allgemeine)

Schreckliche Treue
Erzählungen
dtv 11294
»...Sie beschreibt nicht nur
Frauenschicksale im Sinne
des heutigen Feminismus,
sie nimmt sich auch der oft
übersehenen Emanzipation
der Männer an...« (Geno
Hartlaub)

Die Tapetentür
Roman
dtv 11361
Eine berufstätige junge
Frau lebt allein in der
Großstadt. Die Distanz zur
Umwelt wächst, begleitet
von einem Gefühl der
Leere und Verlorenheit.
Als sie sich verliebt, scheint
die Flucht in ein »norma-
les« Leben gelungen...

Eine Handvoll Leben
Roman
dtv 11474
Eine Frau stellt sich ihrer
Vergangenheit.

Die Wand
Roman
dtv 12597
Marlen Haushofers Haupt-
werk und eines der Bücher,
»für deren Existenz man
ein Leben lang dankbar
ist«. (Eva Demski)

Die Mansarde
Roman
dtv 12598

**Himmel, der nirgendwo
endet**
Roman
dtv 12599
Ein autobiographischer
Kindheitsroman.

Gudrun Pausewang im dtv

»Gudrun Pausewang plädiert in ihren Werken für die
Verständigung zwischen den Völkern und Rassen,
für Toleranz, gegen Haß, Gewalt und Krieg.«
Günter Höhne in der ›Neuen Zeit‹

Kinderbesuch
Roman
dtv 10676
Ein deutsches Ehepaar be-
sucht seine in Südamerika
lebende Tochter. Verständ-
nislos sehen sie sich größ-
tem Reichtum und bitter-
ster Armut gegenüber.

Plaza Fortuna
Roman
dtv 11690
Menschen am Rande der
Gesellschaft in einer süd-
amerikanischen Großstadt.

Bolivianische Hochzeit
Roman
dtv 11798
Bei den Indios im kargen
bolivianischen Hochland
ist Allerseelen ein Fest, das
sie singend und tanzend
auf dem Friedhof verbrin-
gen. Diesmal findet auch
eine Hochzeit statt…

Rotwengel-Saga
dtv 12140
Eine Familiengeschichte in
Ostböhmen.

Der Glückbringer
Roman · dtv 12299
Ein Roman über mensch-
liche Schwächen und so-
ziale Mißstände in Latein-
amerika. »Ein Panoptikum
der kuriosesten Figuren,
ein wundervoll komisches
Chaos des Lebens voller
Trauer, Witz und Hoff-
nung.« (Volker Albers im
›Hamburger Abendblatt‹)

Rosinkawiese
Alternatives Leben in den
zwanziger Jahren
dtv 11489

Fern von der Rosinkawiese
Die Geschichte einer
Flucht
dtv 11636

Geliebte Rosinkawiese
Die Geschichte einer
Freundschaft über die
Grenzen · dtv 11718
Fast zwanzig Jahre nach
der Flucht sieht Gudrun
Pausewang den Ort ihrer
Kindheit in Ostböhmen
wieder.

Marie Luise Kaschnitz im dtv

»Was immer sie schrieb – ob Lyrik oder Prosa, ob
Erinnerungen oder Tagebücher –, es zeichnet sich durch
kammermusikalische Intimität aus. Sie war eine leise
Autorin. Gleichwohl ging von ihren besten Büchern eine
geradezu alarmierende Wirkung aus.«
Marcel Reich-Ranicki

Lange Schatten
Erzählungen · dtv 11941

Wohin denn ich
Aufzeichnungen
dtv 11947

Überallnie
Gedichte · dtv 12015

Das Haus der Kindheit
dtv 12021
Eine faszinierende Reise in
die Kindheit. »Eine un-
heimliche Erzählung, eine
Fabel nach der Tradition
bester Spukgeschichten,
spannend und schön er-
zählt, und auch an Kafka
mag man denken, bei aller
Existenzangst und allen
Daseinszweifeln unserer
Gegenwart.« (Wolfgang
Koeppen)

Engelsbrücke
Römische Betrachtungen
dtv 12116
»Das Rom-Buch inspiziert
eine Stadt unter dem Deck-

mantel der Verschwiegen-
heit... Die scheinbar lose
zusammengesetzten Prosa-
stücke bilden ein Mosaik
der Selbstbefragung.«
(Hanns-Josef Ortheil)

Griechische Mythen
dtv 12780
Bekannte und weniger be-
kannte Mythen hat Marie
Luise Kaschnitz in diesen
sehr persönlich gefärbten
Nacherzählungen darge-
stellt.

Der alte Garten
Ein Märchen
dtv 12781
Mitten in einer großen
Stadt liegt ein verwilderter
Garten, den zwei Kinder
voll Neugier und Aben-
teuerlust für ihre Spiele er-
obern. Aber die Natur
wehrt sich gegen die unge-
stümen Eindringlinge...
Ein literarisches Gleichnis
für den sorglosen Umgang
mit unserer Welt.

dtv im Internet: www.dtv.de

Rafik Schami im dtv

»Meine geheime Quelle ist die Zunge der anderen. Wer erzählen will, muss erst einmal lernen zuzuhören.«
Rafik Schami

Das letzte Wort der Wanderratte
Märchen, Fabeln und phantastische Geschichten
dtv 10735

Die Sehnsucht fährt schwarz
Geschichten aus der Fremde · dtv 10842
Erzählungen vom ganz realen Leben der Arbeitsemigranten in Deutschland.

Der erste Ritt durchs Nadelöhr
Noch mehr Märchen, Fabeln & phantastische Geschichten
dtv 10896

Das Schaf im Wolfspelz
Märchen & Fabeln
dtv 11026

Der Fliegenmelker und andere Erzählungen
dtv 11081

Märchen aus Malula
dtv 11219
Geschichten voller Zauber, Witz und Weisheit des Orients.

Erzähler der Nacht
dtv 11915
»Ein Plädoyer für mehr Güte und Liebe.« (Susanne Kippenberger)

Eine Hand voller Sterne
Roman · dtv 11973
Alltag in Damaskus.

Der ehrliche Lügner
Roman · dtv 12203
Wie man mit Lügen ehrliche Arbeit leistet.

Vom Zauber der Zunge
Reden gegen das Verstummen
dtv 12434

Reisen zwischen Nacht und Morgen
Roman · dtv 12635

Gesammelte Olivenkerne
aus dem Tagebuch der Fremde
dtv 12771

Milad
Von einem, der auszog, um einundzwanzig Tage satt zu werden
dtv 12849

Erich Kästner im dtv

»Erich Kästner ist ein Humorist in Versen, ein gereimter
Satiriker, ein spiegelnder, figurenreicher, mit allen
Dimensionen spielender Ironiker ... ein Schelm und
Schalk voller Melancholien.«
Hermann Kesten

**Doktor Erich Kästners
Lyrische Hausapotheke**
dtv 11001

**Bei Durchsicht meiner
Bücher**
Gedichte · dtv 11002

Herz auf Taille
Gedichte · dtv 11003

Lärm im Spiegel
Gedichte · dtv 11004

Ein Mann gibt Auskunft
dtv 11005

Fabian
Die Geschichte eines
Moralisten
dtv 11006

**Gesang zwischen den
Stühlen**
Gedichte · dtv 11007

Drei Männer im Schnee
dtv 11008

**Die verschwundene
Miniatur**
dtv 11009 und
dtv großdruck 25034

Der kleine Grenzverkehr
dtv 11010

Die kleine Freiheit
Chansons und Prosa
1949–1952
dtv 11012

Kurz und bündig
Epigramme
dtv 11013

Die 13 Monate
Gedichte · dtv 11014

**Die Schule der
Diktatoren**
Eine Komödie
dtv 11015

Notabene 45
Ein Tagebuch
dtv 11016

**Ingo Tornow
Erich Kästner und
der Film**
dtv 12611

**Das Erich Kästner
Lesebuch**
Hrsg. von Sylvia List
dtv 12618